これが最後の異世界トリップ

character 登場人物紹介

殷煌《インファン》

印東国の皇帝。

驚くほどの美貌の持ち主だが、女装＆オネエ言葉で香織の度肝を抜いた。「龍の加護」という特別な力を持っているらしい。

田《た》中《なか》香《か》織《おり》

何故かはわからないが、しょっちゅう異世界トリップをしてしまう女子大生。飄々とした明るい性格だが、度重なるトリップに少々お疲れ気味。今回は偽装結婚まですることになって……

明貴《メイキ》
印東国の神官長。温厚で、
いつも微笑みを浮かべているが、
なかなか侮れない人物。
団長
宮廷の西地区
担当の兵士長及び
その副長。
副長
金順妃
殷煌の後宮にいる上級妃。
白貴妃
桂花《ケイカ》
香織の教育係。
とても頼りになるが、
教え方は超スパルタ。

序章

夢を見ていた。

私が過去に渡り歩いた、異世界の夢だ。


一つ目の世界では、深い森の中に小さな泉が見える。

木々は朝露《あさつゆ》に光り、鳥たちのさえずりが聞こえた。

二つ目の世界では、荒野に並ぶ風車の姿が見える。

風車の軋《きし》む音は、赤子の子守唄のようだ。

三つ目の世界では、城下町の賑《にぎ》わいが見える。

お触れの声とともに、角笛の音が響き渡った。

四つ目の世界では、雪の国の景色が見える。

白い雪山に、堅牢な城がそびえ立っていた。

懐かしいそれらが、絵本のページを捲《めく》るように次々と入れ替わる。そして、どこからか聞こえる声が私に問う。

『香織《カオリ》の世界はどんなところ？』

私が生まれ育った国は、日本。

黒い瞳に黒い髪の人々が住む、文明の進んだ小さな島国。

そして、生まれて二十年くらい、ずっと勉強するところ。

そう答えると、異世界のみんなは驚きの表情を浮かべる。

『火に薪《まき》をくべることさえできなかったのに？　水も汲めなかったのに？　じゃあ、どんなことを勉強するの？　それを学んでどうするの？』

それを説明するのは難しいよ。私もほとんどわかってないもの。

『カオリはずっと勉強しているのに？』

気がつけば、絵本のページがひとりでに進む。

馬上から見た異国の町並み。剣と爆弾。大学受験会場のリノリウムの冷たい床。

いつしか、夢は何冊もの絵本をバラバラにして、無理矢理繋げたようなものへと変わる。

『ねえカオリ。カオリはここで何になりたいの？』

たくさんの壊れた絵本が無邪気に問う。

そんなのわからない。それより誰か教えてよ。


私の未来は、一体『どこ』にあるの――？

第一章

『次の角を、右です。――目的地周辺です。お疲れさまでした』

握りしめていた手の中から、軽快な声がする。

自他ともに認める方向音痴《おんち》の私にとって、スマホのナビは大航海時代の羅針盤《らしんばん》。目を落とせばディスプレイに、目的地である大学のキャンパスが赤く示されている。

けど、この世紀の大発明には大きな欠点があると、私は声を大にして訴えたい。

「で……、大講堂ってどこだろ」

私が行きたいのはあくまでも『目的地』であって、けしてその『周辺』ではないのだ。

今は四月初旬。これから通うことになる大学の正門から、そっと中を覗き込む。すると、青々とした銀杏《いちょう》並木の下に、サークル勧誘の列ができているのが目に入った。

(うわわー……。これ、駄目なやつだ)

バーゲン会場かと思うほど人が入り乱れ、先が見えない。正門前で呆然としている私の横を、他の新入生たちが足取りも軽やかに通りすぎていく。

(ここからが一番重要なのに、どうしてスマホのナビは最後の最後で私を見放すのかなぁ?)

目的地の大講堂も見えないし、構内案内図を見つける自信もない。

「敷地内をぐるっと回ってみる……とか？」

うろついていれば、そのうち大講堂は見つかる気がする。けれど、待ち合わせの十二時までにはたどり着けないだろう。そう途方に暮れていると、今度はメッセージアプリの音が鳴った。

『カオリ、大講堂の場所わかってるー？　また迷子なんでしょ』

『オリエンテーションは終わっちゃったけど、カオリのプリントももらっといたよ』

『銀杏《いちょう》並木の先。一番大きな建物！』

同級生からのグループメッセージだ。

（ええと、待って待って！　一番大きな建物って言われても、どれかわかんないよ？）

混乱する私を見ていたかのように、今度は大講堂らしき建物の前に並ぶ三人の男女の自撮り写真が送られてくる。

『ほら、ここだよ～』

私はそのメッセージにも、大講堂の外観にも目もくれず、その三人の顔をじっと見る。

（すごい……懐かしい）

「……ええっと、長身の男の子が草食系のアッシで、その横の大人っぽい子がクミ。そしてこれを送ってきたのが一番右のミホ。みんな同じ高校出身で、比較的仲がいい」

私にとっては彼らに会うのが『数年ぶり』でも、向こうにとっては卒業式以来、数週間ぶりだ。だから、挨拶は「久しぶりー。春休みどうしてた？」で問題ないはず。

確認するように呟いてから、「よし！」と気合を入れて、私は雑踏に足を踏み入れた。

私、田中香織《たなかかおり》はどこにでもいそうな、取り立てて特徴のない十八歳の大学生だ。

肩までのボブヘアーは気に入っているけど、そこから覗く顎《あご》のラインはふっくらと丸くて童顔だし、平均身長に届かない小柄な体形も、大きな眼鏡をかけている姿も、大人っぽさからはほど遠い。

人と違うことといったらその幼めの外見と極度の方向音痴《おんち》くらいだけれど、それを含めたって普通の人間だと思う。

ただ、本当は不思議な肩書を一つだけ持っていて――

私、田中香織は過去一年間で、四つの異世界渡りをした『ベテラン異世界トリッパー』なのである。


「大学構内で迷子になれるって、ほんとカオリの才能だよな」

結局、級友たちに迎えに来てもらって、なんとか合流した。

アッシに渡された分厚い茶封筒を覗き込むと、履修登録や健康診断のお知らせの紙の束が入っている。

(こ、こんなに、綺麗な紙がたくさんあるなんて！)

やっぱりこっちの世界は贅沢だ。

どこの世界でも紙は貴重品だったのに、ここだと同じサイズ、同じ厚さ、色ムラのない滑らかな紙が、当たり前のように使われている。ほんと日本ってすごい。

高度な技術より、こんな些細《ささい》な日用品に技術力や文明の違いを感じてしまうのは、安価で安定した工業製品こそが、国力を象徴しているからだ。

「カオリ？　おーい、カオちゃーん」

紙を出したり引っ込めたり、スリスリと撫で回したりしていた私を、三人が唖然《あぜん》としながら覗き込んでいる。より正しく言うなら、ちょっと引かれている。

「大丈夫？　最近ちょっとおかしいよ？　なんかあった？」

私のおでこに手を当てて、クミが熱を測る仕草をする。

「もしかして入学式出なかったの、第一志望の大学に落ちて、本当はここに来たくなかったから——とか？」

（ううっ。いけない、いけない。なんとかフォローしないと！）

そう思って慌てて両手を身体の前で振る。

「し、心配かけてごめんね。まだ一人暮らしに慣れてなくて遅刻しちゃっただけ。慣れたら、なんとかなるよ！」

そして、引っ越したばかりのアパートから大学まで盛大に迷った話を披露する。

その話を聞いて、三人はケタケタと朗《ほが》らかに笑った。

「だからお前、乗り換えには気をつけろって言ったろ」

「きっと電車の色だけ見て飛び乗ったんでしょ」

「そうなの！　なんでわかったの!?」

そう言われて、深く頷く。

蟻《あり》の群れのような通勤ラッシュは、異世界生活ではありえない。久々のことなので身体がまだ慣れていないのだ。

「相変わらずねぇ。でも元気ならよかった。この青い紙が年間行事予定表よ。履修登録まではまだ日にちがあるから、一緒にゆっくり決めよ」

ありがとうと言って笑うと、少し幼さの残る級友たちが屈託《くったく》のない笑顔を返してくれる。

「カオリは美味しい食べ物を見つけるのがうまいし、近くのお店めぐりもしようよ」

「学食のメニュー制覇が先だろ？　俺と勝負な。今度は負けねぇ」

「もう、本当に二人とも大食らいなんだから！」

「一緒に大学生活楽しもうね！」

そう言う級友たちに、なんとも言えない気持ちを押し隠して笑う。

（大丈夫。きっとなんとかなるよ……）

そう思いながら、胸に抱いた茶封筒をぎゅっと握りしめた。


一人暮らしのキッチンで、ガスコンロのつまみをバチンとひねって火をつける。綺麗なドーム形のヤカンに蛇口から水を入れ、青い炎が躍るコンロに置く。――それだけでお湯が沸く不思議。井戸から水を汲む必要も、火打ち石も必要ない。簡単、安全だなんて。

「本当～に、すごいよねぇ」

白黒テレビ、冷蔵庫、洗濯機が三種の神器と言われた時代があったらしいけど、ガスコンロもそこに入れていいと思う。

「これを考えた人、天才だわ」

うんうんと頷きながら、百均で買った緑茶のティバッグをマグカップに入れ、お湯を注ぐ。あっという間に温かい飲み物の完成だ。

あらかじめ作っておいた梅干しおにぎりと鮭おにぎり、淹《い》れたばかりの緑茶、ついでにポテトチップスとチョコレートを掴んで、居間に続く扉を足で開ける。

引っ越し用の段ボールだらけの部屋を横切り、ちゃぶ台にそれらを広げれば——夢のお一人さまパーティの始まりだ。

「引っ越し完了と新生活スタート、そして四度目の地球帰還おめでとう！」

緑茶のマグカップを掲げて、乾杯の仕草をする。

日本帰国ではなく、地球帰還。

友達の前で言ったら、頭がおかしくなったと思われるかもしれないけど、言葉のままなんだから仕方ない。

早速お祝いをしようとおにぎりを頬張ると、海苔《のり》の豊かな香りと、ふっくらとしたご飯の甘みが口に広がった。そこに梅干しの酸味がきいていて、くううっと唸《うな》る。

「おにぎり、おいしっ！」

一度食べ出したら夢中になってしまって、あっという間にお皿は空《から》になる。

そうして最後に緑茶をすすると、心の底からほっと息が出て、肩の力を抜くことができた。

「……帰ってきたんだなぁ」

昔話でも童話でも、お話には必ず『きっかけ』がある。

お地蔵さまに笠をあげたり、いじめられた亀や怪我した鶴を助けたり。でも私の異世界トリップは、本当に突然だった。

一回目は、高校三年生のある日。塾に行こうとして家を出たら、森の奥深くにいた。

二回目は、パジャマ姿で実家のソファにいたとき。気がつけば風車の回る世界だった。

三回目は、第一志望の大学入試の前日。コンビニの店内でふと振り返ったら海辺の城下町にいた。

いつだって何の前触れもなくトリップするし、何の前触れもなく戻ってくる。向こうの世界で何年過ごしても、戻ってくるのはトリップしたその瞬間だ。

ちなみに三回目の世界からは数年経って戻れたけど、翌日受けた大学入試の結果はもちろん不合格だった。

そして、直近の四回目は大学入学式当日。入学式用のスーツ姿のまま、横殴りの吹雪に襲われた。

(なんで、私はこんなに異世界に飛ばされるんだろう)

そう考えてみても、心当たりは何もない。帰ってくるのも唐突で、条件みたいなものは不明だ。

適当に異世界サバイバルをしていると、日本に戻っている。そんな感じだ。

だからこうして、いつも同じ悩みにたどり着く。

『異世界トリップなんて勘違いで、ただの長い夢じゃないの？』

そう思う一方で、夢じゃないと思う根拠も多々ある。

何年もその場で生活するような夢なんて聞いたことがないし、普通の夢は起きたら忘れていくのに、異世界で生活した記憶は色褪《あ》せることなく鮮やかなまま。むしろ高校時代の記憶が、まるで十年以上前のことのように、遠い思い出の隅へと押しやられている。

「きっと梅雨《つゆ》とか夏休みくらいには、また異世界に飛んじゃうんだろうなー……」

我ながら言っててへこむ。

地球時間で三ヶ月に一度、いきなり巻き込まれる異世界サバイバル。受験勉強もぼろぼろだったけど、こうなると大学の単位だって危ない気がする。そして、何より人間関係も……

「次にまた数年間、異世界で生活したら、私どうなっちゃうんだろ」

地球の生活――とりわけ自分のことをよく知っている人との生活に戻れる自信が、あんまりないなあ。今でさえすでに不審に思われてるのに。

「彷徨《さまよ》える乙女は辛いわ」

厨二病《ちゅうにびょう》っぽい独り言を呟きつつ、溜息をついた。そのまま今度はポテトチップスとチョコレートの袋を開ける。

ほかほかご飯のおにぎりも懐かしかったけど、この二つもずっと食べたかったものだ。

(疲れたときや落ち込んだときは、美味しいもの！)

拝むように手をパンッと合わせてから、久しぶりのポテトチップスに手を伸ばす。すると、その指先にぞわっとする感覚が走った。

「えっ……うそっ……！」

指先に薄くて青いベールがかかる。嫌ってほど体感した、異世界へ行くときの感覚だ。

（ちょっと待って。待ってよぉぉ！）

「だってまだ帰ってきたばかりだよっ!?　ポテチもチョコも食べてない。お煎餅《せんべい》も羊羹《ようかん》もカップラーメンだって楽しみにしてたし、今夜はおそうめんの予定だったのに！」

必死で訴えるけど、視界がぐんぐん歪んで狭くなる。

「まだ全然食べてないのにー!!」

絶叫は口元までせり上がった青いベールに吸い取られる。そうして私の意識はとぷんと沈んだ。

ざわざわと人の話し声がする。

「どうだ……？」

「……大丈夫……そうです。――生きております！」

聞いたことのない言語のはずなのに、意味が理解できる。

まだ半分眠っているような状態で、それでも周囲に大勢の人がいること、音の反響からここがホールみたいな空間だとわかった。

（やだなぁ……。また異世界来ちゃったんだ）

予想はしていたけど、五度目の異世界トリップに衝撃とも諦めともつかない感情が胸を占める。

（まだあんまり食べてなかったのに……）

そう思った私を馬鹿にする人がいたら、突然誘拐されて何年も秘境を旅してみればいいんだ。戻れたときに、どれだけ故郷の食事がありがたいか。そして涙が出るか――

不意打ちのように起こった異世界トリップと、食べられなかった食事へのショックが、私の心の中で渦巻く。

起きる気にもなれず目を瞑《つぶ》ったままぼんやりしていると、今度は先ほどよりもはっきりと、人の声が聞こえた。

「秘術が成功したということは、これが『龍神の娘』なのか……？」

「しかし、首筋が出ているのは、男の証《あかし》だ。ならば、残念ながら秘術は失敗のようです」

「いや、体形から考えると、一応娘では？」

「だが、まるで奴婢《ぬひ》みたいですな。服装もみすぼらしい」

（……うわぁ～。なんだか今まででも一、二を争う最悪なスタートっぽいですよ？）

得体が知れない者への警戒の声と、こちらを貶《けな》すような発言に、ますますやさぐれた気持ちになる。

でもふと、今までと色んな意味で違う状況だと気がついて、一気に意識が浮上した。

（待て待て。ちょっと待って。今『秘術』って言ったよね？）

ということは、今回はこの人たちに『喚《よ》ばれてきた』ってことだ。それはこれまでとは大きく異なる意味を持つ。

今までは、気がついたら知らない世界に一人立っていた。けれど、今回は作為的に喚《よ》ばれたんだと、大きな衝撃が走る。

色々聞きたい気持ちをぐっと抑えて、意識が戻っていないフリを続ける。とにかく、集められるだけ情報を集めよう。私だって伊達《だて》に異世界経験が長いわけではないのだと、自慢にもならない自慢を胸に、耳をそばだてる。

「いえ、秘術は成功しました。この少女を、『龍神の娘』とみなすのが妥当かと」

「お待ちください！　『龍神の娘』といえば『その美声は世界を揺るがし、微笑む姿は夢のごとし。艶《あで》やかな舞姿には水龍も目を細める』と謳《うた》われた美姫ではないですか！　それが！　この！　端女《はしため》のような娘だとおっしゃるのか！」

(はいぃ？　なんですか、それ)

こちらこそクレームを入れたい気分だ。人違いだから今すぐ帰してほしい。

(でも……ってことは、無用の人間だとわかれば、秘術で帰してもらえる可能性は高いよね)

今までは帰る方法なんてわからなかったけど、今回は違うみたいだ。

恨みの気持ちは期待へと転じ、なんだかわくわくしてくる。

私だって頭の固そうな人たちに付き合っていたくない。ここはお互いの平和のために、すぐさま帰してもらおう。感じの悪い発言の数々に不安しか感じなかったけど、すぐに帰してもらえるなら、この世界の評価を改めてもいい。いやぁ、ここはいい世界だ。

浮かれてニンマリと笑う。

(帰って最初に食べるおそうめんの付け合わせは、定番の茄子《なす》と豚バラがいいかな。サクッとした

鶏天も捨てがたいし、ゴマダレこってり系もいい感じ。蓮根《れんこん》とさつまいもの甘辛炒めも美味しいんだよねぇ）

帰郷パーティのメニューを幸せな気持ちで考えていると、ふいに優しそうな声が降ってきた。

「全部口に出てますよ？　お嬢さん」

「……っ、ぐう」

「寝たフリ、うまくないですね」

「ぐ、ぐう……」

（しまったあぁぁ！　喜びのあまり声に出ていたみたい！）

だらだらと冷や汗が流れるけど、もう遅い。気がつけば周囲のざわめきは静まり、ひっそりと様子を窺《うかが》っている気配がする。

胸中で焦っていると、先ほどの優しそうな声とは違う、嘲《あざけ》りを隠さない美声が響いた。

「そこの狸《たぬき》寝入り。いい加減起きなさい。狸《たぬき》なのはアンタの顔だけで充分よ」

「なっ、ちょ……っ、狸《たぬき》顔って、言い過ぎじゃない⁉」

童顔丸顔コンプレックスを指摘され、思わずガバリと起き上がる。

（どうせ寝たフリがバレてるなら、勝手に喚《よ》ばれた文句の一つでも言わないと！）

そう思って顔を上げた次の瞬間、眼の前の景色に息が止まった。

「わぁ……」

（すごい……。綺麗――……）

薄暗い鍾乳洞《しょうにゅうどう》の奥に、一条の光を受けた滝が流れている。

白く流れる水流と、きらりきらりと輝く水しぶき。その姿は、まるで黒い岩肌を力強く駆け上がる一匹の白い龍だ。美しく、神々しく、そして少し怖い。

多分これは、太陽光が入るほんの一時《いっとき》だけの奇跡の光景だ。本来なら暗闇《くらやみ》であろう洞窟の一角が、何ものにも代えがたい名画に変わる――そんな幻想的な瞬間。

その美しさに目を奪われていると、感動を台無しにするかのように、溜息まじりの声が響いた。

「ああもう。狸《たぬき》顔が間抜け面《づら》をしていると、ますます馬鹿に見えるわね。救いようがないわ」

(もうっ。さっきから一体何なのよ！　人の感動タイムを邪魔しないでよね！)

そう思いつつ、雄大な景色から目を離す。

大きな篝火《かがりび》がいくつも焚《た》かれた鍾乳洞《しょうにゅうどう》の中。その明かりを頼りに見回すと、顔が映るほど磨き上げられた八畳ほどの広さの黒檀の祭壇に、奇妙な魔法陣が螺鈿《らでん》細工で描かれているのが見えた。私が倒れているのはその中心だ。

祭壇の周囲には、遠巻きながらも熱心に、こちらを凝視している大勢の人々がいる。

(うわぁ……、初めて見る雰囲気だ)

神官風の裾の長い服を着た人とか、着物をアレンジしたような――早い話が大昔の中国に出てきそうな風体の人が、こちらを見つめていた。

そして、滝の反対側の鍾乳洞《しょうにゅうどう》の一角に、ガッシリとした檜《ひのき》の舞台と、その上に華やかに飾られた台座があることに気がついた。

「あの、誰ですか……？」

先ほどの声の持ち主は多分ここだ。

立派な台座は黒漆《くろうるし》で、四方には飾り屋根までの支柱が伸び、繻子《しゅす》の帳《とばり》が床まで長く垂れ下がっている。正面だけは巻き上げられているから、煌《きら》びやかな衣装を着た人物が、中の長椅子でくつろいでいることはわかった。

（身分の高い――女性……？）

優雅にひらめくのは、白い指先と大きな扇。きらりきらりと光る銀糸は、腰まで伸びる美しい髪だ。紗《しゃ》の御簾《みす》が顔の半ばまで下りていて表情はわからないけれど、珊瑚《さんご》色に塗られた唇が魅惑的に艶《つや》めいていた。

（年の頃は二十代。少なくとも成人済みの貴婦人みたい）

ただ座っているだけでこれだけの威圧感を漂わせるなんてすごい。この人物は確実に人を動かすことに長《た》けた人間だ。そして目元が隠れていても類《たぐい》まれなる美貌の持ち主であるとわかる。

（でもだからといって、人を狸《たぬき》呼ばわりしていいわけないじゃない？）

ひとしきり推測してから、すう、と息を吸う。

「なんで喚《よ》ばれたのかはわかりませんが、綺麗な女性ならそこにいらっしゃるみたいですし、『龍神の娘』とやらはその人ってことで、私は帰らせてもらいたいんですが」

『綺麗な女性』の部分で御帳台《みちょうだい》を指し、にっこり笑いながらこちらの要求を述べる。すると見守っていた周りの人々が騒ぎ出した。

「なっ、なんと殷煌《インファン》様に無礼な！」

「貴様！　大陸に名高い印東《いんとう》国、その皇帝陛下の御前であるぞ！」

え？　皇帝陛下？　もしかして――君主サマ御本人⁉

いきなり降って湧いた天上人に、驚いてまじまじと台座を見上げる。

御帳台《みちょうだい》は華やかに飾られているとはいえ、あくまでも品位は失わない。素直にセンスがよくて素敵だと思うけど、鍾乳洞《しょうにゅうどう》の中に能舞台がしつらえてあるような唐突さは否めなかった。だが、これが玉座だというのなら、納得だ。

「女王陛下なんですか？　それは大変失礼をいたしました」

さすがに指差しは失礼だったと、居住まいを直して丁寧にお詫びをした。なのに、今度は明らかに空気が凍ったのがわかった。

「女王じゃないわよ。アンタの目は節穴なの？」

（ん？）

「まあ。アタシがそのくらい美しいっていうのは、当然だけど」

（んんん？）

嘲《あざけ》りを含んだ声とともに、小さく扇の音が鳴る。するとそれが合図だったのか、するすると御簾《みす》が上げられ、台座の正面にも明かりが灯された。

（うわあ。びっじーん）

現れたのは、想像を上回る花の顔《かんばせ》。陶磁器のような滑らかな肌に、冷笑を浮かべた艶《つや》めく紅唇《こうしん》。

切れ長の目元に走る紫のアイラインは、深い紫の瞳と相まってなんともいえない色気がある。不機嫌を隠さない顔ですら、人を惹きつけてやまない玲瓏《れいろう》たる銀髪美女。天姿国色《てんしこくしょく》、仙姿玉質《せんしぎょくしつ》、傾国の美人――様々な言葉が頭に浮かんだ。

なのに――なんだか、おかしい。もう一度まじまじと相手を見つめる。

蘇芳《すおう》色の長衣に重ねた、淡白色《たんはくしょく》の紗《しゃ》の外衣。締めた帯はこっくりとした柳色《やなぎいろ》だ。かなり緩《ゆる》く着崩しているのに見苦しくなく、それどころかはっと息を呑むほど麗《うるわ》しい。袖口と襟《えり》元に細やかな刺繍《ししゅう》が施《ほどこ》されているせいか、身動きするたびにきらりきらりと輝いて見えた。

(おかしいところなんて何もないよねえ?)

不敬にあたることも忘れ、思わずじっと見つめていると、ようやく先ほどの言葉が脳内に到達した。

(女王陛下じゃない。けど、周りの人たちは皇帝陛下って言ってたよね……?)

怜悧《れいり》な美貌の横には翡翠《ひすい》や珊瑚《さんご》、瑠璃《るり》などの耳飾りが揺れている。そしてそのまま視線をズラす。白い首筋に目がいくけど、その首元にはどう見ても――

「えっ、えええっ? 喉仏があるって、もしかしてオカマさん!?」

「貴様っ!!」

我ながら大失言だと気がついたときにはもう遅かった。背後から怒号が聞こえるや否や、背中に強い衝撃が走った。

「ぐうっ……!」

棒状のもので殴られたみたいな鈍く重い痛みに、ろくに息もできず小さくうずくまる。

（いったあ……っ）

うう～～。馬鹿をやってしまった。今までなまじ他の異世界でうまくやれていたのが仇《あだ》になった。また異世界に飛ばされたと不貞腐《ふてくさ》れてないで、もっと慎重に行動するべきだったのに。

（でもまさか、いきなり一国の皇帝が出てくるなんて思わないよぉっ）

「貴様……っ！　殷煌様に何たる暴言！」

男たちの詰《なじ》る声と耳元で唸《うな》った風の音に、次の一撃を覚悟する。けれども身を硬くした私の上に落ちたのは、そんな彼らを制止する声だった。

「金礼部尚書《キンれいぶしょうしょ》殿！　何という手荒なことをするのです！　おやめください」

その声を聞いて恐る恐る顔を上げれば、私を庇《かば》うように立つ青年の背中と、偉そうにふんぞりかえったネズミのような男が目に入った。

「我らが皇帝陛下を侮辱《ぶじょく》したのですぞ!?　それを見過ごすなど、陛下の信頼も厚い明貴《メイキ》殿のお言葉とは思えませんな！」

先ほどの怒号はこの人だ。やたら甲高い声と、癖のある早口言葉みたいな話し方。目立つ出っ歯に忙《せわ》しない動きなど、立ち振る舞いまでネズミっぽい。そんな彼がヒステリックに私を詰《なじ》っている。

だが、ネズミ男の殴打から庇《かば》ってくれた神官風の青年が、穏やかかつ舌鋒《ぜっぽう》鋭く応戦し始めた。

「落ち着いてください、金礼部尚書殿。この娘は異界より喚《よ》び寄せました大切な『龍神の娘』です。無知による多少の無礼は致し方ないと思われます。また、殷煌陛下の類《たぐい》まれなる美貌は、諸侯百官も知るところ。短慮《たんりょ》はやめていただきましょう」

「この、みすぼらしい娘を、『龍神の娘』と言われますか！」

そんな神官風の男性に対し、声を荒らげるネズミ男はやや劣勢だ。気がつけば、他の者たちまで口を挟み、場は騒然とし始める。

侃々諤々《かんかんがくがく》とあちこちで議論が起こる中、私はネズミ男が落とした棒にすがってゆっくりと立ち上がった。

（うう～。どこか折れたりしてないよね……）

背中はずきずきと痛んだままだけど、手を開いたり閉じたりしても痺《しび》れはない。骨折したような感じもないみたいだ。大きな痣《あざ》は残るだろうけど、冷やして安静にしておけば大丈夫だと判断し、ようやっと安堵の溜息を漏らした。

そして、未だに言い合いを続けている人々を見て、どうしたものかと考える。すると、彼らを牽《けん》制《せい》するように、鈍い金属音が響き渡った。

「どうでもいいけど、アンタたち、アタシが興味を持てる女を探してたんじゃないの？」

いつの間にか手に持っていた長い煙管《キセル》で、煙草盆《たばこぼん》を叩いた美女――否、オカマ陛下は、心底嫌そうに言う。その姿は、まるで遊郭映画の花魁《おいらん》みたいに色っぽかった。

「それともまさか、この茶番をアタシに見せたかったの？　だとしたら頭も趣味も悪いわね。アタシ、馬鹿は嫌いよ」

片頬を上げニヒルに笑う姿さえ、見惚《みと》れるほど美しい。

（本当に、男の人――なんだよね？）

なんか妙にどきりとしちゃう。奇抜なはずなのになぜか目が離せない。童顔丸顔な自分とは大違いだ。

長い指先で煙管《キセル》を唇に運ぶ――そんな姿に見惚《みと》れていると、興味なさそうな顔をしている陛下と一度だけ目が合った。

その瞳は、『今起きていることは処理しなくてはいけない、面倒な瑣末事《さまつごと》』といった心情を映しており、なぜかそれがすごく印象に残る。

（ああ、この人、私に全然興味がないんだ）

私が有用な異世界人かどうかさえ気にしていない。ただただ、どうでもいい。そう思っているのだと肌で感じる。

変に興味を持たれるよりはありがたいけれど、正直この反応は意外だ。この紫の瞳に強い知性の光が見えなければ、自分では何も考えない傀儡《かいらい》の王なのかと疑ったかもしれない。ただ、知性とともに強い鬱屈《うっくつ》も感じるけれど。

そんな私の考えを遮《さえぎ》るように、艶《つや》のある口唇から細い紫煙が吐き出される。

「ねえ、金礼部尚書」

「はっ！　なんでございましょう」

「アンタが言うようにその小娘が『龍神の娘』じゃないのなら、アタシが召喚に失敗したってことになるけど――それはそれで問題があるんじゃないの」

「いえっ、それは殷煌様！」

慌てるネズミ男には目もくれず、陛下は神官風の男性に視線をやる。そしてちょっと皮肉っぽい口調で問いかけた。

「で、明貴。もう一度聞くけど、そこの貧相な小娘が本当にアタシとこの国に絶対に必要な娘なの？」

「はい。我が印東国、最後の『龍の加護』を持つ殷煌様の和子《わこ》を生《な》すのは、この娘。この異界の娘こそ『龍神の娘』であり、貴方様の伴侶になるお方でございます」

「はいぃぃっ⁉」

そこの方、今なんて言いました？

突然の異世界トリップに、絶世の美女の皇帝陛下。これだけでもお腹いっぱいなのに、なんですかその馬鹿げた召喚理由は。

「無理無理無理むりむりっ！」

自然と高速拒否が口をついて出た。

(だって花嫁候補だよ？　どれだけ人材足りてないの、印東国さん！)

いくら女性に興味がなさそうな陛下だからって、これだけ美人なんだからどうとでもなるだろうに。本人だってすごい嫌そうに顔をしかめてるのに、なんでこんな馬鹿げた召喚なんてしたの？

「いや、私、そういうのと違いますしっ、『龍神の娘』とか知らないですし！」

焦れば焦るほど、うまく言葉が出てこない。

（あああ……もうほんっとに私の人生ついてない。ようやく元の世界に戻れたと思ったのに、結局ポテチもチョコも食べれなかったし。おにぎりたちに会えたのだって何年ぶりだったと思ってんのよ。もう、ほんとにひどくない!?　それにしても、あと何回こうやって住む場所が変わればいいんだろ。初恋もしないまま、五回も異世界に飛ばされてさ。それでも今までの世界ではなんとか大人しく暮らせてたのに、今度はいきなりオカマ陛下の嫁候補だなんて。さすがにあんまりだ。詐欺だ。ペテン師だっ！　私の青春返してよぉぉぉ）

勢い余ってウロウロその場を歩いているうちに、目尻に涙が浮かんでくる。

あまりに突拍子もない理由で召喚されたことに、私が一人胸の内で叫んでいると——

「アンタ、なかなか面白いこと言ったわね」

「……へ？」

壇上の陛下がくわえていた煙管《キセル》を下げ、じっとこちらを見つめていた。

「今、五回も異世界に飛ばされたと言ってたわ」

独り言のようなその言葉に、息を呑む音があちこちから聞こえる。その後、皆が膝をついていく。気がつけば大勢の人たちが興奮を押し殺したようにこちらを向いて額《ぬか》ずいている。

「あ、あのう……？」

今まで自分が平伏することはあっても、されたのは初めてだ。つうっと嫌な汗が背中を流れる。

「……あの、私、また何か言っちゃってました？」

「アンタが、たとえ言い伝えの『龍神の娘』じゃなかったとしても、いくつもの異界渡りをしてきた娘なら、話は違うわね。——面白いわ」

口角を上げて笑った陛下に、どよめきが起きる。

（えええ……もう何。なんなんですか、この人たち）

「遠水《えんすい》　天連《てんつら》なりて龍の如し　その身で五界を渡り　地に満つる」

「え？」

「我が印東国開闢《かいびゃく》から伝わる古い言い伝えですよ、お嬢さん」

私のことを『龍神の娘』と言い切った神官風の男性が、タレ目を細くしてうっとりと微笑みを浮かべる。

額《ぬか》ずく人々からも、

「ついに陛下が女に興味を示された！」

「しかも五界を渡る姫君だぞ」

「我らが悲願、殷煌様の血脈をどうぞ我らに！」

と、わけのわからない恐ろしい発言が続く。

（なんか熱に浮かされたような声が怖いよ！）

知らずに後退《あとずさ》り、逃げ道を探す私の耳に、パシンと扇の音が響いた。

「——お前たち、明貴以外は下がりなさい」

「はっ！」

その声とともに、波が引くように人々が消えていく。

あっという間に、私と神官風の男性、そして優雅な仕草で玉座から立ち上がった陛下だけが残った。

「ふうん。近くで見てみるとますます狸《たぬき》に似てるわね、アンタ。まんまる顔にダサい眼鏡。しかも乳臭いから仔狸《こだぬき》かしら」

(お、大きい……)

それが、そばに来た陛下を間近で見た最初の感想。

身長は百八十センチはあるのではないだろうか。すらりとした長身に腰まである銀の髪が流れる。近くで見ると、その威圧感たるや半端ない。

「と、とりあえず『狸《たぬき》』じゃなくて、きちんと名前を呼んでください！　私の名前は田中香織です。これでも一応、十八になります。それから、大変申し訳ありませんが、このたびはご協力できそうにないので、早めに帰してもらえませんでしょうか！」

(結婚なんて、絶対にお断りです!!)

そんな不満がありありと顔に出ていたのか、陛下はきゅっと柳眉《りゅうび》を寄せて私に流し目を一つ。そして、そのままふうっと煙を吹きかけられた。

「馬鹿じゃないの？　アタシだって狸《たぬき》となんて願い下げよ」

「なっ……！　ケホッ、ゴホッ」

吹きかけられた紫煙にむせる。

「でもアンタを利用すれば、今後も子供を作らない理由ができるわね」

「はいぃ？」

「陛下……」

「何よ、明貴。コレが最大限の譲歩よ。アタシはその女はいらないわ。けれど皇妃《こうひ》候補として後宮に入れて、その後に除籍する。そうすれば『龍神の娘』とすら共寝をしなかったという事実ができる。そんなアタシにこれ以上結婚をすすめる連中もいなくなるでしょう。ただし期間は一年間よ。それ以上狸《たぬき》顔と一緒にいたら、アタシの美貌まで損なわれそうだわ」

「はぁ!?」

つまり、今後も結婚したくないから、私に偽装結婚をしろってこと？

「なんでそんな面倒なことするんですか。君主なら責任持って子供くらい作ってくださいよ。結婚しないポリシーだって言うなら、身内から適当な人を見繕《みつくろ》って跡継ぎにすればいいじゃないですか」

どんな性格の女かもわからないのに、結婚したくないがために異世界人を嫁にって普通の発想じゃない。そもそも一方的に召喚して嫁になれって、どういうことだ。

理不尽な状況に、だんだん怒りが湧いてきて勢いでそう言うと、

「ま、正論ね。そうよ、普通じゃないのよ」

とあっさりと首肯《しゅこう》される。

「印東国は周辺諸国にも名高い、歴史ある大国よ。肥沃《ひよく》な大地に悠々と流れる大河。広大な領地をぐるりと囲む山脈は、国を守るように高く険しいから国防にも有利。アンタみたいな仔狸《こだぬき》を秘術で

召喚しなくても、国内外から花嫁候補はごまんと押しかけるし、優秀な官僚も山ほどいるの」

聞けば、すでに陛下の後宮にはたくさんの美姫がいるらしい。

「なら……わざわざ異世界から喚《よ》ぶことないじゃないですかぁ！」

こんなの、私にしてみれば異世界召喚テロだ、誘拐だ。声だって恨めしげになるよ。

「その先は、明貴。アンタが説明しなさい。胡《コ》明貴、神官長を務める男よ。今回の秘術の熱心な遂行者でもあるわ。言いたい文句は明貴にお言い」

陛下は煙管《キセル》で示しながらそう言う。すると、先ほど私をかばってくれた神官風の男性——明貴さんが、神官らしい所作で私の前に膝をつき、深く叩頭《こうとう》する。

「改めまして。初めてお目にかかります、神官長を務めます明貴と申します。『龍神の娘』たる田中香織様をお喚《よ》びすることが叶いまして、恐悦の至りでございます」

「あ、えと。ご丁寧にどうも」

召喚の首謀者と聞いて文句を言おうと思ったけれど、丁寧に挨拶されてしまって口にできなくなる。

そのうえ絶妙のタイミングでにこりと微笑まれ、毒気を抜かれた気分になった。

（なんだかなあ、もう……）

毒舌家で存在感のある陛下と、柔和な微笑みで周りをいなす明貴さん。対極だけど、いいコンビかもしれない、この二人。

「で、あの、早速質問なんですけど、なんでこんな馬鹿げた召喚をしたんですか。さっき言ってた、最後の『龍の加護』を持つ殷煌様——のためなんですか？」

　そう問いかけると、

「そうです。よく覚えていらっしゃいましたね」

　と、明貴さんが小さく頷く。

「龍神は、水や天の気を司《つかさど》る天神です。そして『龍の加護』を持つ殷煌様は、龍神の声を聞いて天の気を読み、荒れ狂う大河を治めてきた龍神の覡《かんなぎ》なのです」

　陛下が、龍神の覡《かんなぎ》。覡《かんなぎ》とは男の巫女さんのことだ。

　つまり『龍の加護』を持つ人イコール龍神の声を聞ける人。言い換えれば、正答率が高い気象予報士ってことだろうか。

　だとしたらそれってすごい。どこの世界でも日照りに干ばつ、長雨に洪水は悩みの種だったもの。

　ちょっと見直して、思わず陛下を振り返る。

「龍神の声を聞くには、一族の人間だけが使える『龍の珠《たま》』と呼ばれる宝珠が必要よ。その宝珠を使って、民に大地の恵みを与えてきたのが、歴代の皇帝ってわけ。龍帝とも呼ばれるわ」

　陛下は欄干《らんかん》にもたれたまま、もう一服している。尊大だけれど、どこか投げやりな陛下の声に、真摯《しんし》な明貴さんの声が続く。

「殷煌様は覡《かんなぎ》としての御力も強く、皇帝としても稀代《きたい》の名君でいらっしゃいます。年々力が弱まる宝珠から龍神の声を拾い上げ、見事に印東国を統治なさっておいでです。その最後の血筋を、なんとしてでも後世に残すのが、国民の悲願」

「はあ……」

国民の悲願って言われてもなあ。

とはいえ、ただの跡継ぎでは意味がなく、その宝珠を使える次世代の皇帝――血の繋がった子供が欲しいというのは、理解できた。一子相伝の伝統芸能みたいなものだよね。

「なんとなく話はわかりました。陛下は子供をつくる気がない。けど周囲の方々は、なんとしても陛下に跡継ぎを作ってほしい。――ってことですよね。……でもそれと私と、一体何の関係があるんですか？　正妻である皇妃《こうひ》様はいなくても、後宮はあるっておっしゃってましたよね？」

「そのとおりでございます。ですが、殷煌様は後宮の妃嬪《ひひん》や女官たちに一切の興味を示されません。諸外国から来る縁談も、『最低条件として自分より優れた容姿を持つこと』と公言してはばからないため、まとまりません」

「それは……すごいですね」

それでよく外交問題にならないものだ。きっと陛下は外見だけでなく政治面においても、『大成しない秀才』ではなく、『奇抜な天才』なのだろう。

視線を向ければ、人のことを狸《たぬき》と言い捨て、百花繚乱《ひゃっかりょうらん》の美姫に目もくれないらしい陛下は、不敵な笑みを浮かべている。

「そこで、『龍神の娘』ならば殷煌様もご納得してくださると考え、貴女をお喚《よ》びしたのですよ」

「ええと？　そもそも『龍神の娘』ってなんですか？」

「ある日天から現れ、初代龍帝に宝珠を授けた異界の乙女のことです。その姿は麗《うるわ》しく、類《たぐい》まれなる叡智《えいち》をもって龍帝の憂《うれ》いを晴らしたといわれています」

「なるほど。――って、いや、何度も言いますが、人違いですよ」

「困りましたね、香織殿」

絶対拒否の姿勢を貫く私に、明貴さんが微笑んだまま顔を近づける。

（ううっ。この人ずっと笑ってるけど、その笑顔が怖いよ）

「私としては、貴女が『龍神の娘』であると――いえ、言い換えましょう。貴女が殷煌様にとって、必要不可欠な人材であると確信しています」

「そんな確信されても、すっごい迷惑です！」

「たとえ偽装結婚でも構いません。一年、そのお時間をいただきましょうか」

「なんで勝手に喚《よ》び出されて、そんなことしなきゃいけないんですかぁ！　普通に帰してくれればいいじゃない！」

話が通じなすぎて、涙目ですよ。

「香織殿。ちなみに召喚のための費用は、一年分の国家予算に相当します」

「こ、こ、国家予算？」

声がひっくり返る。

国家予算だなんて、あまりに大きい単位で、想像もつかない。

確かに精緻《せいち》な祭壇を作るにはそこそこお金が必要かもしれないけど、それだけで国家予算なんて使わないだろう。

だまされないぞと非難がましい目を明貴さんに向ければ、横から陛下の馬鹿にしたような声が聞こえてきた。

「ほんと、欲しくもない花嫁候補を召喚させられた挙げ句、アタシの秘蔵の宝石を捧げて降り立ったのが乳臭い仔狸《こだぬき》じゃ、文句も言いたくなるわよねぇ」

そうして煙管《キセル》で示されたのは、祭壇に同心円状に置かれた腰までの水晶柱。

その上には焦げた石のようなものがのっている。まさか、これ――

「金剛石《こんごうせき》に瑠璃《るり》に玻璃《はり》。それから珊瑚《さんご》、瑪瑙《めのう》、琥珀《こはく》、硨磲《しゃこ》、真珠に玫瑰《まいかい》――龍神に関係する九つの宝玉よ」

「それを燃やしたの……？」

思わず、しばし絶句。

(あ。これ、ガチなやつだ)

ゴクリとつばを呑み込む。

帰還の秘術に同じだけのものが必要だとして、私のためにそれを捧げてくれるだろうか。そう考えれば、答えは否……

「じゃ、じゃあせめて宮城《きゅうじょう》で下働きとして雇ってください。あとは自分で生きていきますし……」

途端にトーンダウンした声で、少しでも現実的な和解策を探る。

「それはできかねます。『龍神の娘』である香織殿に下働きなど。どうしてもお嫌でしたら、御身は神殿預かりとなりますから、陛下専門の女官になっていただきます」

「陛下専門の女官？」

「朝日が昇る前の沐浴《もくよく》から始まりまして、書巻二十巻分の神楽《かぐら》と儀式の全手順を覚えていただき、毎回必ず『龍神の娘』として陛下のおそばに立っていただきます。ああ、こちらは一年では終わりませんし、陛下のおそばにいる形になるので、後宮の姫君からの目は厳しいでしょうね」

「明貴、それはつまりこの狸《たぬき》が後宮に入らなければ、アタシの世話係につくってこと？」

陛下のその問いに、微笑みで返す明貴さん。

（実はこの人のほうが狸《たぬき》なんじゃないの？）

そう思った私に、明貴さんはふいに何かを思い出したかのように振り返り、にこりと微笑む。

「後宮に入ってくださるのなら、そのお礼といってはなんですが……貴女は先ほど、『あと何回住む場所が変わればいいのよ』とおっしゃってましたね。もしかしたら、様々な世界を渡り歩くことにお疲れなんじゃないですか？」

「え……っ」

その言葉を聞いて、私の肩がピクリと跳ねた。

「もし貴女が皇妃《こうひ》候補として一年間後宮入りをしてくださいましたら、その後の面倒を見させていただきましょう。こちらの世界の知識や衣食住を提供いたします」

優しい悪魔が私に微笑む。

そんなことしてもらわなくても、生きていくための異世界アルバイト生活には慣れている。今までだってそうだったし、今回だってそうすればいいだけだ。適当に過ごしていれば、いつかは地球に戻されるよね。

（でも、召喚されてきた今回は、もしかして自然とは帰れないかもしれない……？）

なんの法則もなく飛ばされてきた今までとは、話が違うのかもしれない。それに、この世界にずっといればもう二度と他の世界に行かなくて済むかも——

そう思ったら気持ちが根底からぐらりと揺れた。

『突然奪われない平穏な生活』、そして『未来を考えられる日常』。

それは、私にとって地球に帰りたい気持ちよりも、ずっとずっと強い誘惑だった。

口の中がカラカラに乾いて、無意識につばを呑み込む。深く俯《うつむ》いたまま、ぎゅっと拳を握りしめた。

「……——か」

「え？　なんでしょう。もう一度お願いします」

「おこめ……ありますか……？」

「おこめ？　米、ですか？　稲作は盛んですからございますが、それが一体……？」

目を白黒させている明貴さんに、今度は大豆の有無を問う。

「大豆はもちろん、味噌もありますし、醤油《しょうゆ》もございます」

「砂糖はありますか？　食用油は動物性ですか、それとも植物性ですか？　小麦もありますかっ⁉」

「ご、ございますが……」

矢継ぎ早に問いかけた私に、明貴さんが気圧《けお》されたように答える。

（ならばよし！）

返答を聞いたと同時に、私は拳をぐっと天に突き出した。

お米があるならお酒も作られている可能性は高いし、塩も当然あるはず。たとえ日本のとは違ったとしても、好みの味を一生涯かけて研究してやる！

「本当に結婚するんじゃなくて、一年間後宮で過ごすだけですよね」

最後の確認をする。でも、声にしたときにはもう心は決まっていた。

「お約束いたしましょう」

「明貴にしてやられた感が強いけど、今回は仕方がないわね」

紫煙をたなびかせていた陛下も、煙管《キセル》を煙草盆《たばこぼん》にことんと置いて同意した。

私はまるで試合前のような、闘争的かつ厳《おごそ》かな気持ちで彼らに向き合う。

「私がお付き合いするのは、絶対に一年間ですよ」

「狸《たぬき》を後宮に入れるって言い出したのは明貴なんだから、面倒はアンタがしっかりみなさいよ。あと、狸《たぬき》娘。アンタも下手を打つんじゃないわよ」

「決してお二人にとって悪いようにはいたしません。――もちろん、お二人の気持ちが変わって、お心を通わせてくださるのが一番ですが」

「ありえない！」

「ありえないわよ！」

こうしてこれまでの中で最も波瀾万丈な、私の五度目の異世界生活が始まった。

第二章

パク。

(薄い……)

「いいですか、香織様。食事時の立ち振る舞いというのは、最も品格が現れるものの一つです」

もぐ、もぐもぐ。

(冷たい……いや、どちらかというとぬるい。そして、今朝も茹でた青菜ばかりだ)

「箸の持ち方一つから始まりまして、口元に運ぶときの姿勢、食べる順番、咀嚼《そしゃく》の速度まで、ありとあらゆるところに気を配らねばなりません」

もぐもぐもぐもぐ……

(ああ、ハンバーガー食べたい。たこ焼き食べたい。アイスクリーム食べたい)

結論。ここの食事は美味しくない。

「今、香織様にお出ししている膳は、身も心も清められる菜食でございます。『龍神の娘』たる香織様におかれましては、今後も菜食中心のお食事を召し上がっていただきますが――」

「やっぱ、ご飯が美味しくないぃぃ……」

こちらの女性用の衣装を身にまとった私は、少量の朝ご飯を食べ終え、ぱたりと箸を置く。

そして、結い上げたつけ毛がひきつれるのもかまわず、そのままお膳の横に顔を伏せた。

（こんなの聞いてな～いっ）

すると滔々《とうとう》と食事作法について語っていた女官さんが、顔色を変えて詰め寄ってきた。

「香織様！　皇妃《こうひ》候補として後宮に上がられる方が、そんなことでどうなさいます！　しかもまた食べきったのでございますか」

「そう言われても、食習慣の違いはどうしようもないじゃないですかぁ」

ずり落ちた眼鏡を押し上げ、何度目かの文句を叫ぶ。

こちらの世界は、一日二食、間におやつが一回。宮城《きゅうじょう》に上がって一週間経つが、これにはまだ慣れない。

心からの弱音に、ぐきゅ～とお腹も同意する。

さっさと後宮に入れられると思ったのに、さすがは一国の君主。陛下の後宮に入るのは、そんなに簡単ではなかった。

健康診断、陛下との相性を占う卜占《ぼくせん》。後宮に入るためのお披露目会など。いくつもの過程を経て、ようやく妃嬪《ひひん》の暮らす後宮に入れるらしい。

だから私が今いる部屋も、宮城《きゅうじょう》の一角だけど後宮の外側の内廷地区だ。後宮に入れば身分もついて、食事ももう少し豪華になるらしい。だけど、今の私は毎日菜食、毎日粗食《そしょく》である。

（朝からこれじゃ、死んじゃうよ！）

「お肉が食べたい、お肉。それが駄目なら、せめてお漬物と炊きたて白米をお腹いっぱい食べたい」

「却下いたします。香織様、それはもう菜食ではありません。庶民の食事でございます！　それに先日明貴様にお願い申し上げて、お菜の数が一品増えたばかりでございます」

「確かに青菜の茹でたのが二品になりましたけど！　そうではなく！」

『龍神の娘』が食べるものだからと、なぜか神官が作ることになった私の食事は、豆料理と野菜料理ばかり。肉も卵も一切入ってない上に基本薄味で、量も少ない。

（そりゃあ神官という役職上、殺生《せっしょう》は禁止だと思いますよ？　でもだからといって、なんで私まで修行僧ばかりの粗食《そしょく》にならないといけないのぉ！）

「野菜ばかり食べたって、お腹は一杯にならないんです！　ごちそうを食べたいわけじゃなくて、普通のご飯が食べたいだけなんですぅぅ」

半分涙目。せめてお代わりが欲しいと言っても、けんもほろろな対応だ。

「香織様はなんといっても『龍神の娘』でございます。普通のお膳は出せません。それは後宮に入られたあとも同じです。それに出された食事は完食しないのが上流階級の嗜《たしな》みでございます。それは皇帝陛下との晩餐《ばんさん》で豪華な料理を出されたときであろうが、日々の食事であろうが変わりません」

「そんなぁぁ」

（そこまでいっても私、精進料理なんですか!?）

声が完全に裏返る。後宮に無事入ったあとも、一年間お肉が全く食べられないなんて！　さすがにそれはありえない。

こちらの世界に来て一週間。そこそこ大人しく自室で課題をこなしていた私が、このあと食べるものを求めて脱走を企《くわだ》てたのは、仕方のないことだと思ってほしい。


今は午後。時は来たれり。

写経の時間は、女官さんがもっとも少ない時間だ。さらに先ほど、ちょっと粗忽《そこつ》に振る舞って、硯《すずり》の墨を盛大にぶちまけた。

般若《はんにゃ》のような顔になった女官さんに散々怒られたけど、皆が片付けに追われ、今部屋には誰もいない。

さらに、先日、服を汚したらいけないから、と言いくるめて手に入れた地味な衣装に急いで着替える。

(うん、完璧！)

これなら遠目には下級女官の一人に見えるだろう。こんなに頑張ってるんだもの、ご褒美くらいあってもいいはずだ。

「目標、近くに生《な》っている枇杷《びわ》の実。敵、女官さんたちの目」

(では、行ってきます！)

そうして始まった枇杷《びわ》探しは、ちょっとした冒険程度のはずだったのだが……

「……おっかしいなあ」

どうしてこうなった？

結論から言うと——盛大に迷子になりました。

「だってこんなに広いと思わなかったし！　なんか全部同じ建物に見えるし！」

あたりにあるのは、どれも大きな木造建築に、赤い外壁と瓦《かわら》屋根。おかげでここがどこなのかさっぱりわからない。

でも、こんな状況にもかかわらず、手にはしっかりと枇杷《びわ》を持っているのが私の執念だ。きっとあとですごい怒られるだろうけど、枇杷《びわ》の実を採りに行ったことに後悔はない。

我が食欲に一片の悔いなし！

そう胸の内で叫んで、大量に採ったオレンジ色の果実を一口齧《かじ》る。

「甘い〜。美味しい〜」

優しい甘さと芳醇《ほうじゅん》な香りが口の中にじゅわりと広がる。ああ、生き返る。

「さてと。枇杷《びわ》の木まで戻れれば、部屋にも戻れるはずよね」

もぐもぐと齧《かじ》りながら歩き始める。

「しかし、なんでこの宮殿、こんなに門や通路で区切ってあるの？」

赤い壁が両側にズラーッと並んでいる通路を呆然と見る。

きっと防衛上の問題だと思うんだけどさ。似た感じの通路がたくさんあるから、方向がわからない。よくよく見れば彫刻などが少しずつ違うけど、これはもう巨大立体迷路と言っていいんじゃないだろうか。

「誰かに道を聞いたりしたら、問題になりそうだしな〜」

私だって好《す》き好《この》んで怒られたくはない。それは最後の手段にしよう。

そう思って、来た道を探してうろうろしていると、途中で何人かの人とすれ違った。

けど、海老茶《えびちゃ》色を基調とした地味な服装のためか、大量の枇杷《びわ》を持っているせいか、私が『龍人の娘』だと気づく人は誰もいない。

それどころか、大きな門の詰め所の兵士さんたちなんて、

「おい、そこの娘。枇杷《びわ》が一つ落ちたぞ」

「どこに届けるのか知らねえが、すごい量だな。落とすといけないから、そこの手巾で包んで持ってけ。ホレ」

「そっちの通路はお前は通れないぞ。まだ慣れない新人かい？　気をつけな」

と、細々と世話まで焼いてくれた。

「それにしても、こうして見ると、本っ当に大きな街みたい……」

てくてく歩きながら四ツ辻《よつつじ》で蒼天を眺める。ふと、以前行った異世界のキャラバンの姉御から言われたことを思い出した。

『いい、カオリ。新しい街に行ったら、まずは情報収集が基本だよ。でも、そのときにどこで情報を集めるのか間違えちゃいけない。まずは街の様子を見て決めるんだ』

『知らないことは罪だよ。知りすぎても危ないけれど、それでも無知はもっと罪さ』

歩いている人の服装、階級、男女比はもちろん、道の様子からだって、流通、天候、街の発展状

況がわかる。

それをふまえて、この世界の様子を見てみると……

四番目の異世界でもお城でお世話になっていたけれど、今回はずいぶんと様子が違うみたいだ。四番目の世界は雪国だったせいか、メイドさんが情報通だったんだよね。暖が取れる場所には人が集まるから、自然と情報も集まる。王城もわかりやすい造りで、働いていると色々な人と顔を合わせる機会があった。

それに引き換え今回は、やったらめったら多い建物に広い通路。身分によって通れる門と通路も違うみたいだ。

「ってことは、情報も分断されやすいってことだよねぇ。脱走でもしないと、情報を集められないかも」

社会情勢の授業は出席するとして、舞だの琴だのの、淑女の授業とかは、今後この世界で生きるのにあまり必要ないだろう。となると、抜け出すならその時間か。

(うん、見聞を広めるためには散策が必要でしょう！)

拳を握りしめ、決意する。それがわかっただけでも今回の迷子に意義はあった。そう偉そうに思ってから、ぐるりとあたりを見渡す。

――で、そろそろ本格的に部屋に戻りたい。

けれど、無意識のうちに人気《ひとけ》のないほうに歩いていたらしく、もはや迷子を通り越して遭難者になっている。

そうして歩くこと小一時間。

「あれ……、もしかして――」

赤い小さな塀の向こうに、ようやく神殿らしき建物を見つける。見慣れた竹藪《たけやぶ》と、二重構造のオレンジ色の瓦《かわら》屋根。屋根の上の飾りにも見覚えがある。

「あああ！　見つけたぁぁ」

安堵から思わず塀にすがりつく。今まさに、目的の建物を見つけたのだ。

しかし、ここで一つ問題がある。建物の正面に出るためには、どう進めばいいのかわからないのだ。もし間違った方向に進んでしまったら、全く違うエリアに出てしまうだろう。

となれば、私が取る方法は一つ。

（塀、登ろう）

幸いここは他の通路より人がいないし、足場になる小さい石灯籠《いしどうろう》もある。

裙《くん》といわれる踝《くるぶし》まである長いスカートをたくし上げて石灯籠《いしどうろう》に登り、そのまま塀の上にそっと乗る。

気分はすっかり忍者。はしたないとかは気にしない。それよりも腰にくくりつけた枇杷《びわ》の実が潰れないかのほうが大事よね！

（人に見つかる前に、さっさと降りようっと）

とはいえ、さすがに飛び降りるなんてことはできない。私は運動音痴なのだ。そこで、簡単に降りられる場所を探しながら、ハイハイをするように塀の上を進む。

すると――

「――明貴。あの仔狸《こだぬき》はどうしてるの？」

唐突に、覚えのある声が聞こえた。

（わ。ヤバ！）

「香織殿ですか？　今はお披露目の儀式に向けて、後宮での一般作法を学ばれていますよ。物覚えは悪くないのですが、舞などの身体を動かすことはお得意ではないようです」

「狸《たぬき》に舞を舞わせようと思うのが、アンタたちのすごいところね。見世物小屋じゃあるまいし」

「まあ、どなたにも苦手なものはありますよ。お披露目の際には、舞姫に代役を立てたほうがよさそうですね。それにしても、殷煌様が女人に興味を示すとは珍しい。喜ばしいことです」

「……ハア？　明貴。春だからといって馬鹿言ってるんじゃないわよ」

「しかし珍しいことは確かです」

どうやら神殿の裏庭に二人がいるようだ。私がここにいるのがバレたら相当やばいだろう。とはいえ、もはや逃げ出すこともできない。

「珍しいといえば、アタシ今日は久々に琵琶《びわ》が弾きたい気分だわ。そこに立っているお前たち、先に帰って用意なさい。寧星宮《ねいせいきゅう》がいいわね。食事もそっちで取るわ」

「はっ。しかし陛下、本日は金順妃《キンジュンヒ》様をお招きする予定が入っております。せっかくですし、金順妃様と琵琶《びわ》の協奏などはいかがでしょうか？」

「しないわよ、馬鹿らしい。最上級妃の四人とは月に一度、個別に顔を合わせる時間を作っているでしょ。最低限の義務は果たしているんだから、それ以上のことはしないわ」

不機嫌そうにぴしゃりと言い放つ。慌てたように退出の意を告げる声に続いて、くすくすと明貴さんの笑い声が聞こえた。

「彼らは金順妃の実家、金家の縁戚《えんせき》でしたか。殷煌様がご自分から香織殿の話を出したので、焦ったのでしょう。そうだ、香織殿は琵琶《びわ》が弾けるのか、今度お聞きしておきますね」

(え、私？　無理に決まってます！)

と心中で全力否定する。

「ハン！　狸《たぬき》は琵琶《びわ》より食べる枇杷《びわ》のほうが好みでしょ」

「ああ……。それは間違いなくお好きかと。なかなかに健啖家《けんたんか》でいらっしゃるようですし」

「早い話が、食い意地張ってるってことね」

「こちらの食事が合わなくて食が細くなられるよりよかったです。今度、間食に枇杷《びわ》をお出ししてみましょう。陛下からの差し入れと言えば、香織殿も喜ばれますよ」

(うわぁ。これ、もしかして……)

穏やかな声の明貴さんはともかく、陛下の声には含みがある気がする。そう思ってますます小さくなっていると、私が乗っている塀に何かが当たった音がした。

「なら、本人に聞いてみたら？　――今」

「香織殿……!?」

恐る恐る顔を上げると、絶句した顔で立ち尽くす明貴さんと、小石を手にこちらを見上げている、呆れ顔の陛下が見えた。

「――というわけで、あまりにひもじくて枇杷《びわ》の実をもぎに行ったんです」

警察の取調室《とりしらべしつ》を彷彿《ほうふつ》させる神殿内の小さな部屋で、私は陛下と明貴さんから事情聴取を受けていた。

目の前に置かれているのは、小さな机とカツ丼――ではなく、円卓と白い手巾に包まれた枇杷《びわ》の実だ。

最初は宮城《きゅうじょう》脱走を疑われたらしく、めちゃくちゃ怖い笑顔で明貴さんに詰め寄られたんだけど、『ぐきゅ～』と鳴る私のお腹と、腰につけていた大量の枇杷《びわ》の実に、もう言葉もないような感じでしゃがみこまれてしまった。

「里心がついて帰ろうと思ったと言われたほうが、まだ心情的には納得できますよ……」

「あらそう？　まさに狸《たぬき》らしいじゃないの」

人を馬鹿にした物言いに、『いい加減、狸《たぬき》呼ばわりはやめてよね！』と思うけど、さすがに今は言えない。

陛下の溜息が聞こえたので、眼鏡越しにちらりと窺《うかが》った。

陛下は今日も退廃的な色気を醸《かも》し出している。フェロモン製造機は健在のようだ。色香をまとった切れ長の瞳に、小首をかしげた首筋が艶《なま》めかしい。

ちなみに今日の陛下の服装は、辛子《からし》色の綸子《りんず》地に柘榴《ざくろ》色と藍色の縁取りが美しい、スッキリとした長衣姿だ。両サイドの髪をすくい上げて結わいた頭上に、小さな冠をつけている。長衣の刺繍《ししゅう》に合わせた柘榴《ざくろ》石の耳飾りといい、冠にさりげなくちりばめられた瑠璃《るり》といい、全体が見事に調和している。

男性の衣装を基調としているのに、ラインや小物は女性的で優麗で雅《みやび》。陛下はちょっとムカツクところも多いけど、こういうセンスは素直にすごいと思うな。

王様だからって、なんでも派手にすればいいってものじゃないのだ。

そんなことを考えていると、明貴さんが気を取り直したように格子窓から見える塀を指差し、私に聞いた。

「脱走した理由はわかりました。塀の上にいた理由も。……しかし、香織殿はどうやって塀の上に登られたのですか。足掛かりになるものなど何もないでしょうに」

「塀の向こうに、石灯籠《いしどうろう》があったんですよ。龍の巻き付いたやつ。なので、それをちょこっと足場にさせてもらいました」

それを聞いて、今度こそ明貴さんは机に突っ伏す。

「りゅ、龍の巻き付いた石灯籠《いしどうろう》……」

「大火にみまわれた先々帝が内廷に安置した行龍灯籠《こうりゅうとうろう》ね……。アンタ、本気でバチ当たるわよ？」

物言いから考えるに、お地蔵さまを踏み台にした感じなのだろうか。きまりが悪く、あははと笑ってごまかす。ええと、ごめんなさい。

「アンタの頭には脳みそが入ってないの？　もし宮廷兵に不審者として射られたらどうするつもり

だったわけ？」

登る前に人がいないかは確認した。それに、以前の世界で兵士のおじさんから、不審者を見つけたらまずは捕らえるものだと聞いたことがある。城内にどうやって入り込んだかを調査するのも、彼らの重要な仕事なのだ。だから、仮に見つかったとしても問答無用で射られることはないだろう――そう思った。

でも、そんなことを言っても、ただの言い訳にしか聞こえないのはわかってます。

「短慮《たんりょ》でした。すみません」

しっかりと陛下の目を見て謝る。ちょっと不満げな顔になってしまった――かもしれないけれど、謝罪は謝罪だ。

すると片眉を器用に上げた陛下が、フンと鼻を鳴らし、優雅に立ち上がる。

「呆れたから帰るわ、アタシ」

そしてそのまま退室するのかと思いきや、ちらりとこちらを一瞥《いちべつ》し、絹団扇《きぬうちわ》で私の顎《あご》をすくい上げた。

「アンタが契約を忘れていないと言うのなら、なすべきことをなさい。アタシは馬鹿は嫌いよ。アタシの後宮に、躾《しつけ》のなっていない狸《たぬき》も眼鏡猿も必要ないわ」

「め、眼鏡猿ぅ⁉」

(狸《たぬき》に引き続き、眼鏡猿とはひどくない⁉)

空腹なのも相まって、脳内は急沸騰だ。そもそも契約だなんだって、今のところ頑張っているのは私と明貴さんだけじゃないか。

「わぁ～。じゃあ、私をこの世界に一方的に喚《よ》びつけた陛下は、一体どんなフォローをしてくれるんですかぁ？　まさか見てるだけってことはないですよねぇ」

皮肉たっぷりに問うも、軽く鼻であしらわれる。珊瑚《さんご》色に艶《つや》めく紅唇《こうしん》がくっと笑みの形を取った。

「無知ゆえの無謀かもしれないけど、アタシの目を見て意見した点だけは認めてやるわ。まあ、今日は精々覚悟なさい？　明貴の説教は長いわよ」

そうして、陛下は冷笑とともに退出した。去り際に「アタシはこれから夕餉《ゆうげ》にするわ」なんてセリフを残して。

「やっぱ、あの人！　む～か～つ～く～～っ」

私だって美味しい夕ご飯が食べたい！　枇杷《びわ》は美味しいけど、やっぱりそれだけじゃお腹は減るのよ！

地団駄を踏みたい気分の私の肩が、優しくぽんと叩かれる。

「さて、香織殿」

その後、大量の課題を持ってにっこりと微笑む明貴さんに、

「間食を一週間抜きか、本日の夕餉《ゆうげ》の膳抜きか。もしくは宿題を持ち帰るの、どれを選びます？」

と言われ、半泣きで謝った。

そしてその夜のこと。信じられないものが私のもとに届いた。

「か、か、香織様！　一大事でございます！　お文でございますぅ！」

いつも上品な女官さんが、裏返った声を上げながら部屋に入ってくる。

(今日はさっさと寝ようと布団に入ったところだったのに。なんなのよ、もう)

「誰からですか。こんな遅い時間に非常識すぎません!?」

「お、恐れ多くも！　陛下からにございます！」

「はあ……」

不機嫌な私を尻目に、すわ一大事とばかりにどんどん人が増える。けど、昼間のこともあるし、陛下からの文なら今日は見たくないや。

なんせ彼のせいで、大量の宿題をお持ち帰りさせられたのだ。この恨みは深い。

「明日起きてから見ます」

そう言ってもう一度横になろうとしたら、無理矢理布団を剥《は》がされた。ヒドイ。

仕方なく起き上がると、なんだかやたら趣味のよさそうな漆箱《うるしばこ》を手渡される。

艶《つや》を抑えた黒漆《くろうるし》に、古金《こきん》色で山水の風景が描かれている。満月を模している飾り紐を解いて蓋をどけると、濃い深緑の薄紙とオレンジの薄紙で二重に包まれた何かが入っていた。

オレンジの薄紙を開くと、墨で漢詩が書かれた木の板が現れる。

「何これ？　えーと、意味わかんないんだけどな……」

そう言いつつも、文字が読めないわけではない。

実は私、どこの世界に行っても話し言葉は日本語に聞こえるし、文字だって全部読める。異世界に飛ばされて一切言葉が通じなかったら、さすがに野垂れ死んでいたと思う。

ただ、文字が読めるのと漢詩を読み解く能力は別物だ。

全く意味がわからない文章を前に首をひねっていると、女官さんたちから悲鳴のような声が上がった。

「『君に問う　何の意ありて碧山《へきざん》に棲《す》む　笑ひて答えず唯《ただ》心は惑う』でございます！」

それを聞いて、ここ最近の授業を必死に思い出しながら解釈してみる。

ストレートに解釈すれば、『どうしてそこまで緑深い山に住むのか、貴方に問いたい。けれども君は笑って答えてはくれないから、私の心は惑い続けるのです』だと思う。多分。

「え。つまりこれ、田舎《いなか》に住んでいる友人に対する友愛の歌ですよね？　変なの。しかもなんでこんな板に書いたんだろ」

お好み焼きのヘラみたいな形の板を、ぺいんと叩く。すると女官さんたちに滅茶苦茶怒られた。

「これは陛下所蔵の琵琶《びわ》の撥《ばち》でございます！　陛下からのご下賜《かし》ということです、姫様！　ああ、何ということでしょう！」

「早速、明日から琵琶《びわ》の授業を増やしましょう!!　忙しくなってまいりましたわ！」

女官さんたちが揃いも揃ってすごい興奮している。

太古の詩仙が作った有名な詩を、わざと崩して詠《よ》んでいることに意味があるらしい。

しかも、身につけているものやいつも使ってる品を渡すことも、すごいことなんだそうな。

だから大変栄誉なことだと騒がれるが、私にとっては寝入りばなに抜き打ちテストをされた感じなので喜べない。

（そもそも琵琶《びわ》の撥《ばち》って……）

思いっきり嫌味ですよねえ？

琵琶《びわ》（枇杷《びわ》の実）、撥《ばち》（石灯籠《いしどうろう》を踏み台にした神罰）、緑深い山（竹藪《たけやぶ》の向こうの塀の上）ってことだろう。

それに、よくよく見れば撥《ばち》を包んでいた薄紙は枇杷《びわ》を彷彿《ほうふつ》とさせる色だし、隅っこに小さな狸《たぬき》の絵も描いてある。

こちらを馬鹿にしたような嫌味ったらしい物言いと、皮肉めいた冷笑が脳裏に浮かぶ。

（まさかコレがフォローとでも言うつもり？　ああ、もう。本っ気で、むかつく〜〜！）

「やはり香織様は『龍神の娘』でいらしたのですね。誰も溶かせなかった陛下の頑《かたく》なお心を――」

「寝ます。おやすみなさい」

きっぱりとそう言い、勝手に盛り上がってる女官さんを放って勝手に布団に潜《もぐ》る。

「姫様！　お返事のお文を出さねばなりません！」

「えええええ!?」

だからなんで布団を剥《は》がすんですか！　しかもこんな夜更《よふ》けに文章を考えろっていうの？

「無理です。代筆お願いします」

「何をおっしゃっているんですか！」

「偉い人たちは代筆するのが普通って聞きました。どうしても文章を考えろって言うなら、これ書いておいてください」

すかさず差し出された紙に、でかでかと『健康第一。食欲万歳』と書いて再び布団に潜《もぐ》る。防音対策として頭の上まで布団で覆《おお》って、巨大ミノムシ状態だ。

しばらく女官さんたちが喚《わめ》いてたけど、数多くの異世界渡りのおかげでどこでも寝られるようになったので、しっかり眠れた。ぐう。

そんな出来事があった翌々日。最初に変だなと思ったのは、食事の席だった。

いつもより量が多いお膳を指差しながら、女官さんに問いかける。

「これ、どうしたんですか？」

「明貴様から、お食事の量を増やすようにとの指示がございました。これで姫様が、一昨日のように、空腹に耐えかねて脱走する、などということはございませんわね」

あ。ニコニコしてるけど、「一昨日のように」と強調する女官さんのオデコに、青筋がたってる。脱走したことをまだ怒ってたんですね。ゴメンナサイ。

——でもなあ。

めちゃくちゃ美味しくなさそうなお膳をちらりと見る。

「……なんで全体的に増えずに、この美味しくない青菜が三品になってるんですかぁ」

増えたのは、激マズ青菜のぐんにゃりお浸し、えぐ味たっぷり炒め、青臭《あおぐさ》スープの三品だ。はっきり言って罰ゲームの領域である。

「う～。お膳の半分が真緑って、さすがにひどくありませんか？　ちょっとこれ食べたくないなぁ」

色々な意味で、これを食べる勇気はない。

どうにも食べる気にならなくて、こっそりお膳の向こうにある果物に手を伸ばすと、「甘味は全ての食事を食べ終えてからですわ！」と、隣の部屋に片付けられてしまった。

（うう〜〜。この世界での楽しみなんて食事しかないのに、ひどくない？　それにしても、この青菜――）

「じゃあせめてお塩ください。これ本当に美味しくないいんだもん」

「仕方ありませんわね……」

そうしてお塩を受け取る際、私はわざと茶器に袖を引っかけた。

熱湯で淹《い》れたばかりのお茶が思いっきり床と衣装にぶちまけられる。

「うわっ、熱っ……！」

「ひっ、姫様！　大丈夫でございますかっ！　火傷《やけど》されておりませんか！」

「ご、ごめんなさい。大丈夫です」

「貴女たち、早く冷たい水と氷を用意なさい！」

ほんの少しだけ熱湯がかかった手を手巾で冷やす。周囲がバタバタと騒がしくなる。――彼女たちのその動きに何ら不自然なところはない。

後始末に忙しい女官さんたちの目を盗んで、私はそっと青菜のお浸しの一部を隠した。そのお浸しからはレモンに似た柑橘系《かんきつけい》の香りがしている。

――これが一番最初の違和感だった。

（やっぱり、陛下のお手紙事件が原因かなあ……）

あれから数日後。今日も脱走を企《くわだ》てた私は、木の上で幹によりかかるようにして、梅モドキを齧《かじ》り首をかしげていた。

あの青菜が提供された日を皮切りに、私の周りでは、少しずつおかしなことが起き始めていた。

例えば不自然にものの位置が変わったり、食事に何か混入した形跡があったりするのだ。

ちなみに今日は、いつも部屋に焚《た》かれる香がほんの少し焦げ臭かった。よくよく見てみたら小さなまじないの紙みたいなものがくべてあったのだ。

（陛下が私に文とか私物を送ったのが面白くなくて、それで嫌がらせをし始めた。……そんな感じかしら？）

最初は毒でも仕込まれているのかと頭を抱えたけれど、それにしては計画が杜撰《ずさん》な気がする。

少なくとも、十年も異世界生活を続けてきた私の敵ではない。この程度の違和感ならすぐに気がつくよ。

（明貴さんに相談したほうがいいかな？　いや、下手したら犯人にこちらの動きがバレるから駄目だ）

人が多い宮城《きゅうじょう》では、人払いを完璧にすることは難しい。隠れて聞き耳を立てられたら終わりだ。

とはいえ、お膳やお茶をひっくり返すのも限度があるよねえ……

一瞬、陛下の顔が浮かんだけれど、彼はあてにならないからパスだ。自分で解決するか、明貴さんに助けを求めるのが正解だろうな。

(とにかく、今はなるべく情報収集に努め、安全なものだけ口にしよう)

そう結論が出たところで、部屋へ戻ろうと身体を起こす。

それと同時に、誰かを捜している声が近くから聞こえてきた。

(うわわっ……)

女官さんにバレたのかと息を殺していると、木の下から聞こえてきたのは、男の声だった。しかも、次々と人が集まってくる。

ここは色々な倉庫がある区画の袋小路だ。だから偶然通りかかるなんてことはない。彼らは予《あらかじ》め待ち合わせしていたようだ。

(一体何しに来たの……?)

「殷煌はいたか」

「駄目だ。午睡所《ごすいじょ》の景翠宮《けいすいきゅう》にも、御花園《ぎょかえん》にもいない。祥瑞苑《しょうずいえん》にも足を運んだが、全く姿が見えないな」

「あンの愚帝め！」

吐き捨てるような物言いに、耳を疑う。

『龍の加護』を持つ陛下への賛美なら山ほど聞いたけど、反対の意見を聞いたのは初めてだ。

「落ち着け、誰が聞いているかわからん」

「これが落ち着いていられるか！　我々を馬鹿にするにもほどがある!!　本来、朝議には毎日出るべきなのに、この三ヶ月で出たのはたった二回だぞ！　しかも、我々が再三評議し、ようやく決議したものを平気でひっくり返す！」

「貴殿の言いたいことはわかる」

「『龍の加護』さえなければ、あのような若造！　子供を作る気がないのなら、さっさと実権を朝廷に渡すべきであろう！　それを異世界から女を喚《よ》び寄せるなど、何を考えているのだ！」

「そこまでにしておけ。腸《はらわた》が煮えくりかえるのはわかるが、それでも龍の声が聞けるのは得難い能力だ。国民から絶大な信頼を得ているアイツを声高に否定するのは得策ではない」

「わかっておる！」

激高する男と、そんな相手をなだめながらも同調するもう一人の男、そして彼らにお供する男が二人。

たっぷり茂った葉っぱの隙間から男たちの顔は見えないが、文官の礼服を着ているのはわかった。朝議に出ていることを考えると、そこそこの高官だろう。

「大体、『龍神の娘』とはどんな女なんだ？　些細《ささい》な情報でもいい。お前たちも何か知らぬか」

「申し訳ありませぬ。陛下が娘に文を出したことくらいしか存じ上げません」

「野獣のような、非常に粗忽《そこつ》な娘だと聞いたこともありますが、その一方で天女のように淑《しと》やかだという噂もあります。噂が錯綜《さくそう》している状態なのです」

「全く役に立たぬな！」

まさかお探しの『龍神の娘』は貴方たちの上にいますとも言えず、息をひそめて、言い合いを続ける男たちを窺《うかが》う。

「あの殷煌が、娘を隠しているのか？」

「いや、保護しているのは懐刀《ふところがたな》の神官長、明貴だ。ヤツは手強いぞ。後宮に上がる娘たちが住まう場所に探りを入れたが、それらしい女はいなかった。その代わり、『龍神の娘』に付き添わせる女官たちを、あちこちで育成しているようだ」

「なるほど。女官の手配をする名目で宮中に何十人と女を世話し、その中に『龍神の娘』を紛れ込ませているのか。ええい、忌々《いまいま》しい！」

（へえ、明貴さんそんなことしてたんだ）

そう感心した直後、ガツンと根元付近の木箱を蹴る音がした。

（うわわ、それ木に登り降りするための大事な足場！）

思わず出そうになった非難の声を呑み込む。

「しかし龍の声だけでなく、異世界の知識まで殷煌に独占されてしまえば、我々はますます動きにくくなるぞ。お前たちも早めに娘の動向を掴め！　娘を取り込むにしろ潰すにしろ、まずはそれからだ！」

「「はっ！」」

「いっそ暗愚ならもう少し利用しやすいものを……」

静かに吐き捨て、立ち去る男たち。

あとには、木箱を離れたところに蹴り飛ばされ、降りられなくなった私だけが、呆然とその場に残されていた。

（まあ、どこの世界でも出る杭は打たれやすいってことよねえ）

常識や慣習にとらわれずに成果を出す人間は、疎《うと》まれることも多くなる。

それにしても、権力を持つ人間は、みんな同じ考え方をするらしい。

異世界の知識を欲しがる人間もいれば、その知識を排除しようとする過激な人間もいる。

だからいつもは異世界に着いたら、まず最初に『無害かつ無益な異邦人』アピールをするんだよね。

だけど今回、私に求められているのは宗教的なシンボルと陛下の子供のみ。実際、今私の周囲にいる人々の関心は、権力とか利益じゃなく、「どうか我らにお世継ぎを！」みたいな感じだ。

その状況を考えると、さっきの男たちの言い分は一周回って懐かしい。

「さてと、どうやって降りるかな。そうだ、あの蔵の中に入れないかな？」

木から木へとつたって移動し、隣に立っていた蔵の明かり取りの窓から建物の中に入り込む。

そして目の前の頑丈そうな棚に足をかけ、ずるずると下に降りていった。

薄暗い蔵の中はツンと鼻をつく薬品の匂いと獣っぽい匂いが充満している。

人が立ったまま入れそうな大きな壺や、色染めしたばかりの革や布が、所狭しと並んでいるところを見るに、どうやらここは染め物専用の部屋みたいだ。

「次の問題はここからどうやって部屋に戻るかよね」

扉に鍵がかかってないといいんだけどと思いながら、観音扉の取っ手に手をかける。けど、案の定、びくともしない。

となると、何かで扉をこじ開けるか、その辺の布を縄梯子《なわばしご》にして窓から降りるか。どっちのほうがマシだろうか。

悩みながら大きな洗い壺の間を歩いていると、今度こそ私の名を呼ぶ声が聞こえた。

「姫様ーー！　香織様ーっ！」

（うわぁっ。なんでこんなところに！）

近くから聞こえてきた声に驚いて、思わず壺の間にしゃがみ込む。

「なぁんて、いくらなんでも、こんな場所にはいらっしゃらないですわよね。全くあのお方は！　……はあぁぁ～～っ」

大扉にばかり目がいっていたけど、どうやら外に繋がる続きの間があったみたいだ。陰干しされた布の奥にあったから気がつかなかった。

隣の部屋から入ってきた足音が、私の隠れている場所の近くを通り過ぎる。

（あ、つい隠れちゃったけれど、いっそのこと部屋まで連れていってもらったほうがいいのかも……？）

今更ながらに姿を出そうかと考えていると、女官さんとは違う、低い男性の笑い声が聞こえた。

「誰ですの!?」

「すみません。可憐な花が、あまりにも愛らしかったもので」

訝《いぶか》しむような女官さんの声に対して、相手は和やかな様子だ。若く、張りのある男性の声だと思った。

「じょ、冗談はおっしゃらないでください！　……ええと、何か私に御用でもおありですの？」

「いいえ、貴女は『龍神の娘』付きの方ですよね。姫をお捜しなんですか？」

「……いいえ。――あの、でも、何かご存知ですの？」

警戒してるわりにガードが緩《ゆる》い。その返しだと、思いっきり付き人ですって肯定してるようなものだ。

ヒヤヒヤしていると砂を踏む音がして、二人の距離が縮んだのがわかった。

「『龍神の娘』について話を聞かせてもらいたいなと思いまして。捜されているならお手伝いしますよ」

「ありがとうございます。でもあの、大丈夫です。『龍神の娘』のことは口外できないのです。どうぞお引きになってください」

今度はきっぱりと断った女官さんだったが、男も引かない。

「なら本音を言いましょう。僕が知りたいのは君のこと。それも罪ですか？」

しゅっと音がして、部屋の一角が明るくなる。

「えっ、あっ、貴方は……！」

「驚いた顔も可愛らしいね。長時間外で捜していたの？　ほら、こんなにも手が冷えている」

「あっ、あのっ」

「以前、蒼震門《そうしんもん》の前ですれ違ってから、ずっと君のことが気になっていたんだ」

蝋燭《ろうそく》の炎で照らされた二人の影が近寄り、男が彼女の手をそっと取るのが見える。

（なっ、何、この人！）

「『龍神の娘』はずいぶんと君に甘えているみたいだね。君のことを姉のように思っているのかもしれない。でも、そのせいで君が辛い思いをしているのなら悲しいな」

「いっ、いいえ。姫様は屈託《くったく》のないお方ですが、堅苦しいのがお嫌いみたいで――時折、息抜きに出かけてしまうだけです」

「そうなんだ。『龍神の娘』はどんな人？　僕も一緒に捜してあげるよ。――君の小鳥のような声を聞かせて？」

甘くささやいた声に、ざっと鳥肌が立つ。

（気持ち悪い、気持ち悪いっ、気持ち悪いっ！）

男のタラシっぷりが気持ち悪いんじゃない。女官さんを想っているような口ぶりで私のことを探っているのが、気持ち悪い！

だって彼女は私のことを話してしまっている自覚がない。男のやり方は巧妙だ。

やがて立ち去ろうとする音が聞こえてきた。私は意を決して、そっと壺の間から顔を出す。

兵士の服を纏《まと》ったすらりとした後ろ姿を目に焼き付ける。

（官吏じゃない。あれは――宮廷兵……？）

龍の加護を持つ『龍帝』と、五界を渡る『龍神の娘』。

龍神信仰が厚いこの国で、私はこの日、自分たちの立ち位置というものを痛感した。

音もなく花が降る。

薄紫色の丁香花《はしどい》、淡い桃色の桃花。内廷の最奥にある、桃源郷のように美しい庭園。その一角にある澄清亭《ちょうせいてい》は、透かし彫りを施《ほどこ》した朱塗りの外壁を開け放して、四季折々の風景を楽しむことができる、素敵な四阿《あずまや》だ。――本来なら。

しかし、課題中の私は花を楽しませてもらえない。

「明貴さんのおやつ、まだかな……」

「朝餉《あさげ》を召し上がったばかりですよ、姫さま。さ、明貴様がいらっしゃるまで、せめて写経三巻分は終わらせてくださいませ」

「三巻⁉ 無理です死んじゃいますよ！」

「死んでしまう？ 結構なことでございます。姫さまに足りないのは、死にそうになるほどの『やる気』でございます」

新たな私付きの女官であり、後宮生活全般の講師でもある李桂花《リケイカ》が、妙に迫力のある顔で微笑む。

「でも、ずうぅぅーーっとお披露目会の準備をしてますし、半日でいいから休憩したいな～、なんて――」

「ひ～め～さ～ま～！」

桂花は、妙齢の美しい未亡人。幾度となく授業をサボる私に、ついに業を煮やした明貴さんが連れてきた。

『香織さまでございますわね。わたくし、今日より姫さま付きの女官を務めます、李桂花と申します』

第一印象は、薄い唇と優艶《ゆうえん》な目元が色っぽい美人。一つ一つの所作の優雅さと、ぴんっと伸びた背筋、真っ直ぐ見つめる鮮やかな瞳が印象的だった。

私と二人きりになった桂花は、

『このたびは、大恩ある明貴様からの直々のお声がけ。正直言いましてわたくし、姫さまが「龍神の娘」であろうが、カエルの娘であろうが構いませんの』

と、いっそ清々《すがすが》しいほどきっぱり言い切り、唖然《あぜん》とする私に高らかに宣言した。

『上級妃になられる香織さまに猶予はございません。わたくしが来たからには、姫さまを必ずや立派な淑女にしてみせます！』

『えっ!? 私、上級妃になるんですか!?』

『後宮の一般教養から始まりまして、礼儀作法、儀式の所作、「龍神に捧げる舞」も「陛下を称える詩《うた》」も、全て仕込んで差し上げます。わたくしは今までのお付きの者とは違いましてよ。ささ、覚悟なさいませ！ 姫さま』

こんな感じで付き人になった桂花――『さん』づけは死ぬほど怒られるので諦めた――は、本人も宣言しただけあって、めちゃくちゃスパルタだ。彼女が来てからサボリの成功率は五割以下である。

「何度も申し上げておりますが、もう一度お伝えさせていただきます。皇帝陛下との婚姻には六礼――納采《のうさい》、問名《もんめい》、納吉《のうきち》、納徴《のうちょう》、請期《しょうき》、親迎《しんげい》と呼ばれる六つの儀式がございます。この中で最も大切なのが、後宮入りのお披露目会も兼ねます六番目の儀式。両家の祖先の廟《びょう》に拝謁《はいえつ》し、龍神と陛下に詩《うた》と舞を奉納することは、姫さまもよくご存知だと思います」

「まあ……。それぱっかり聞かされてますからねぇ……」

「しかもこのたびは、『龍の加護』を持つ殷煌陛下と『龍神の娘』である香織さまのご婚姻。通常の後宮入りとはわけが違います！」

目を爛々《らんらん》と輝かせる桂花と、後ろで頷きながら控える女官さんたち。

「お部屋では捗《はかど》らないとのことでしたので、庭での写経の許可を特別にいただきましたのに。あと一月しかないのですから、このようなことでは困ります」

「いいえ、庭を見たいな～とは言いましたが、庭で勉強したいとは……」

「何か？」

「……ナンデモナイデス」

桂花が笑顔で課題を増やそうとしたのを見て、ぷるぷると首を横に振る。

未だに安心して食事をとれない私にとって、庭の散策イコール脱走時の食料調査だ。だから必死に庭園散策を頼み込んだんだけど、まさかこんなに課題を持ってくるなんて予想外だった。

こうなると散歩どころの話じゃない。明貴さんが来るまでに写経を終わらせないと、彼がいつも持ってきてくれるおやつを食べられない可能性すらある。

（美味しく安全に食べられる食事が減るなんて、絶対なしでしょう！）

「真面目にやります。ごめんなさい」

慌てて机に向かう。するとそこに下級女官が駆け込んできた。

「失礼いたします。先ほど、後宮の一角で穢《けが》れがあったとのこと。そのため、朝礼を終えられた上級妃の皆様方が、この庭園を通られるそうです」

「なっ……！」

桂花が蛾眉《がび》を寄せてすっと立ち上がる。

「敵もなりふり構わなくなりましたわね」

「え、穢《けが》れってあれですよね。通り道に猫が倒れていたとか、鳥の屍骸《しがい》が落ちていたとか」

それなら迂回《うかい》も仕方ないんじゃないだろうか。

呑気にそう思っていると、桂花はきっぱりと首を横に振る。

「確かにそのような場合は道を変えます。けれど、近い道は他にもございますし、わざわざこちらに先触れを出してきたのです。つまり、体《てい》のいい敵情視察ですわ」

聞くところによると、後宮における『朝礼』とは上級妃が集まる戦いの場だそうだ。

陛下が全く来ない後宮で、毎朝女のバトルを繰り返すのだと思うと、不毛としか言いようがない。

「まずいですわね。姫さまはお披露目会があるまで、正式な身分がございません。だから会わせないように、厳重に調整しておりましたのに」

桂花らしくなく、小さく舌打ちをする。

何がなんでも陛下に子供を作ってほしいだけあって、後宮は大所帯だ。

みなさんが狙っている正妻――『皇妃《こうひ》』の地位を頂点に、四夫人、十二嬪《ひん》、二十七世婦《せいふ》、八十一御妻《みめ》と身分の高い順に分けられ、さらにその中でも細かく身分の上下と肩書が決まっている。妃嬪《ひひん》と呼ばれるのは四夫人と十二嬪《ひん》の上級妃のみだ。

ちなみに頭についてる数字だけその身分の人がいるので、単純計算して最低でも百余人。

実際はもっといると聞いて、後宮の闇《やみ》を知った気分になった。

「とりあえずこのまま澄清亭《ちょうせいてい》にいるのは不敬にあたります。一段高いところから見下ろすことになってしまいますもの」

四阿《あずまや》から下りましょうと言われ、慌てて移動する。すると、人が近づいてくる音が聞こえた。

（うわあ……）

先触れの女官さんに続く、きらびやかな天女――もとい妃嬪《ひひん》たちが立ち止まる。

皇妃《こうひ》候補である妃嬪《ひひん》を初めて見たけど、さすがにみなさん美女ぞろいだ。

羞月閉花《しゅうげつへいか》とはこのことかって感じである。

その中でひときわ艶《あで》やかな美姫が、側仕えが持つ絹傘《きぬがさ》の下から優雅に一歩踏み出した。

すっきりとした額には花鈿《かでん》と呼ばれる花を模した紋様が紅で描かれ、複雑な形に結った髪には生花がたっぷりと挿してある。

薄紅色の上襦《うわぎ》と萌黄《もえぎ》色の裙《くん》には牡丹の花が大胆に舞っていて、髪の垂れ飾りと足元の小さな履物には白蝶貝《はくちょうがい》の蝶がキラリと光っている。

ツンとした表情も相まって、これぞ後宮美姫という感じだ。

「まぁ。こんなところに噂の野狸《のだぬき》がいるわ」

薄絹に刺繍《ししゅう》が施《ほどこ》してある団扇《うちわ》で口元を隠しながら、嫌味たっぷりに微笑まれる。

けど、その仕草の優雅なこと、優雅なこと！

「貴女が今度後宮に入宮する娘ね？　老獪《ろうかい》な狸《たぬき》なだけあって、人に化けるのがお上手ですこと」

陛下に狸《たぬき》と言われるとムカッとくるけど、こんな完璧なお姫様に言われれちゃうと全然気にならない。

とはいえスルーせずに、何か返事をしたほうがいいだろうか。

正直目の前を通るくらいだと思っていたので、声をかけられるのは想定外だ。

(え～と……)

桂花の『会わせないように厳重に調整しておりましたのに』って言葉から考えるに、私が下手に挨拶したり、安易に頭を下げたりするのはいけない気がする。

(……あ。なら、頭を下げずに挨拶すればいいわけか)

それならなんとかできそうだ。

まず身体を正面に向け、全員をゆったりと見回す。眼鏡越しに微笑を浮かべ、首筋はスッキリと長く保ち、顎《あご》は固定。そうしてから片足を引き、両手でスカートを広げるように裙《くん》を持ちながら小さく膝を曲げた。

「皆様には、初めてお目もじいたします。異界より招かれました香織と申します」

微笑みながら小首をかしげる。もちろん、前に頭は倒さない。イメージとしては、小さな女の子たちのお姫様ごっこだ。

この挨拶の仕方は、前の異世界で何度も何度も練習させられた。

だからにわか仕込みのこちらの挨拶よりは、よっぽど優雅にできる自信がある。

「微笑みはとろけるように！」「カオリは、なんでいつも右手右足が同時に出るの！」と、運動音《おん》痴《ち》の私に長々付き合ってくれたみんな、ありがとう。次の異世界でも役に立っています。

しかし、こちらの世界にこんな挨拶はなかったようで、唖然《あぜん》とされてしまった。

そして案の定、「朱徳妃《シュトクヒ》様に頭も下げずに、なんと無礼な！」と、後方にいた妃嬪《ひひん》の一人に食ってかかられた。

（ああ。この美女、朱徳妃っていうんだ）

一方で今非難してきた姫君は綺麗な白肌が印象的だ。だが、透け感のある上着の襟《えり》ぐりは大きくあいていて、豊満な胸元に金と紫水晶のごってりとした首飾りをしている様子はあんまり品がない。お付きの女官も仕えている妃嬪《ひひん》に似るらしく、「金順妃様の言うとおりですわっ！」とぴいぴい追従している。

（う～ん。君たち、どこの女子高生ですか）

内面アラサーの私はそんなことを思いながら、適当な嘘をそれっぽく説明する。

「故郷では、初対面で頭を下げ目を見ずに挨拶することは、敵意があるとみなされるんです。まだ文化の違いに慣れなくて。どうかご容赦くださいね」

我ながら、ほんと適当である。

「ンまぁ～～っ！　信じられませんわっ。ここは印東国の宮廷なのに、一体どこの田舎《いなか》の常識を持ち出しているのかしらっ！」

きーっ！　という効果音がつきそうな様子で金順妃とやらが怒る。

（田舎《いなか》も何も、異世界ですってば）

そう思っていると、鈴を転がすような澄んだ声が響いた。

「おやめなさい、金順妃。朱徳妃も見苦しいですよ。香織さまが異世界の方であることはみな承知のことですわ」

その声に、道をあけるように人々が一歩下がる。現れたのは色香が漂う一人の妃嬪《ひひん》だった。

「初めてお目にかかります、香織さま。わたくしは白貴妃《ハクキヒ》と申します」

（あれ？　この人は普通の態度だ）

先ほどの二人よりは少し年上なのか、落ち着いた雰囲気の白貴妃は、どこか慎ましさを感じさせる清楚な美女である。

卵形の綺麗な顔立ちに、優美な細眉。ほんの少し憂《うれ》いを感じさせる濡れた瞳は大人の気品を漂わせ、ほのかに色づく紅唇《こうしん》はまるで桜の花びらみたいだ。

細かく金箔《きんぱく》を散らした帔帛《ひはく》――両腕にかけた細長いストールみたいなものがふわりと揺れると、細腕の柔らかさが際立ち、同性ながらもどきりとしてしまう。

気の強さも魅力に変える朱徳妃に対して、白貴妃はまるで月下美人の花のようだ。

「殷煌陛下が後宮に興味を示されないのは、わたくしたちの不徳の致すところ。けれども香織さまは陛下の寵《ちょう》を受けていらっしゃるお方でございます。わたくしたちこそ教えを請い、香織さまから多くを学ばねばなりません」

「寵《ちょう》って――」

え、違いますよ？　と思わず口に出しそうになる。

「一月後の儀式をつつがなく終えられ、朝礼で香織さまとお会いできるのを心より楽しみにしております」

そうして物言う花々は微笑みと馥郁《ふくいく》とした薫りを残し、春の庭へと消えていった。


「ご機嫌いかがですか？　香織殿」

「明貴さん」

あの後、自室に帰ってもぼーっとしていると、いつもより早い時刻に明貴さんがやってきた。

そして桂花を残して人払いをするやいなや、いつもの糸目をさらに細めて口を開く。

「先ほどの話、伺いましたよ。うまくお立場を守られたようですね」

「いいえ、守るも何も、嘘八百並べて頭を下げなかっただけです」

「それで構わないのです」

素直に申告するも、明貴さんは頷くばかりだ。

「桂花も香織殿をよく導いているようですね」

「まあ……、身に余るお言葉でございます」

（お。桂花にしては、はにかんだようなイイ笑顔だ）

いつもよりずっと上等な花茶が、絶妙の間合いでそっと円卓に置かれる。

（この二人、結構お似合いだと思うんだけど、どうなんだろ）

少なくとも桂花は明貴さんが来たあとは、機嫌がいい。コレ重要。

「それにしても、明貴さ～ん。私にあの列に加われというのは、無謀を通りすぎて不可能ですよ。大体、上級妃にするつもりだなんて、聞いてませんでしたし」

白貴妃の優雅な微笑みと、朱徳妃の艶《あで》やかな美しさが頭を過《よぎ》る。

後宮に入る約束は確かにしたけど、末席に一人増えるくらいの感覚でいたのだ。

けれど、どれだけ文句を言っても、明貴さんは仏の笑顔で馬耳東風《ばじとうふう》である。

「ところで、香織殿。お会いした妃嬪《ひひん》の方の名前は覚えられましたか？」

「ええと、今日会った姫君が、四夫人のうちの三人ですよね。確か身分の高い順に、白貴妃、朱徳妃、蒼慧妃《ソウケイヒ》、金順妃でしたっけ」

名前の一文字目は出身の家名で、貴妃や徳妃は階級を表している。

つまりは山田《やまだ》部長、鈴木《すずき》副部長、高橋《たかはし》課長――みたいなものだろうか。

そう考えると途端に味気なくなる。

「そうです。そして殷煌様の後宮では、寵愛で妃嬪《ひひん》の身分が変わることはありません。基本的に各家の内廷での勢力図を表しています。ちなみに殷煌様は四夫人とは月に一度はともに食事をとるようにしていますが……」

「褥《しとね》はともにしない、と」

「はい……」

二人でお通夜のような顔で黙り込む。

（あんな美女たちで落とせない人を、どうして異世界人なら落とせると考えたの）

そう嘆きながら、ふと大事なことを思い出した。

「あ！　そういえば、『陛下の寵《ちょう》を受けてる』とか、変なことを言われたんですけど」

白貴妃さんの言葉を伝える。

「殷煌様が女性に文を送るなんて滅多にありませんから。後宮どころか朝廷でも大騒ぎでしたよ」

「文ってまさか、あの『君に問う』ってやつですか……？」

陛下からもらった文といえば、あの枇杷《びわ》事件の夜のしかない。だとしたら寵《ちょう》とは何の冗談なんだろうか。

「明貴さんだって、あの嫌味な文、見たでしょう？」

「はい。さすが陛下。見事な手跡でした」

「いや、そういうことでなく」

思わず『なんでやねん』と言いたい気持ちで、軽く突っ込む。

「『君に問う　何の意ありて碧山《へきざん》に棲《す》む　笑ひて答えず唯《ただ》心は惑う』——こんな熱烈な恋文を陛下が書かれたのでは、妃嬪《ひひん》の皆様は心穏やかではいられませんよ」

白磁器の茶杯を傾けながら、面白そうに笑われる。

（え、あれで恋文になるの？）

意味がわからず眉根を寄せていると、そばに控えていた桂花が噛み砕《くだ》いて説明してくれた。

「陛下のお文は、確かにそのまま読めば、隠遁《いんとん》生活を送っている才能ある友人に対する気持ちを読んだ詩《うた》になります。しかし宮中にいる姫さまに碧《あお》い山というのも、おかしな話ですよね」

それは私が非常識にも塀の上にいたからで……と桂花に説明しようとして、慌てて言葉を呑み込む。過去に遡《さかのぼ》ってまで桂花に怒られたくはない。

「言われてみると確かに変です、ハイ」

「これは転じて『貴女がいるところは遠く離れた秘境と変わらない』『愛しい貴女を、早く後宮に迎えたい』という意味になります。なので、熱烈な恋の詩《うた》だと解釈されたのですよ」

「はあぁ⁉」

桂花の言葉に、思わず持っていた茶杯を落としそうになる。

「今までは、陛下は姫さまを狸《たぬき》娘と呼んでいらしたので、妃嬪《ひひん》の皆様も笑っていられたのでしょう。それがこんな激しい恋文をしたためられたとなれば、天地がひっくり返るような大事件ですわ」

(だから、いきなり嫌がらせが始まったのか！)

妙に納得した気持ちで、あんぐりと口を開ける。

「陛下の寵愛深い『龍神の娘』の後宮入りですからね。お披露目会当日は、各国の大使も大勢押しかけることとなるでしょう」

「ありえない……」

「さて、それでは課題を見せていただきましょうか。――香織殿、また先日もいくつかの授業を脱走されたそうですね」

未だショック覚めやらぬ私の横で、明貴さんは書巻を覗き込みながら小言を言ってくる。

「うっ。でも約束どおり、明貴さんの授業はきちんと受けていますよ？」

明貴さんの授業は面白い。知識の幅も広いので政治、経済、世界情勢など、聞けばなんでも教えてくれる。その一方で歌舞音曲《かぶおんぎょく》の授業は無駄に思えてしまう。

だってどう考えても、こんな短期間で楽器を習得できるはずがない。しかもお披露目の儀式では、私の代わりに歌ったり踊ったりする人がもう決まっている。

ならば私が習う必要はないと思うのだ。特に踊りは目も当てられない出来だし。

（運動音痴として名高い田中香織。今後もラジオ体操一本で生きていきたいと思います！）

「ご不満はわかりますが、せめて脱走はやめてください」

「は～い。気をつけます」

お返事だけは元気よく。でも情報収集のための脱走をやめる気はない。そんな私の気持ちもわかっているのか、明貴さんは軽く眉を寄せ眉間《みけん》をもんでいる。

「明貴さんが全部教えてくれるなら、まだ聞く気にもなるんですけどねぇ」

「私もそこまで暇ではないんですよ、香織殿」

苦笑とともに添削した課題を返される。その後、明貴さんは小さな箱を卓上に並べ始めた。

「今日は麻花兒《マーホアル》を持ってきましたよ」

「おおぉぉ！」

枇杷《びわ》事件が起こる前から、明貴さんは授業のご褒美に甘いものを持参してくれていた。桃饅頭《ももまんじゅう》、月餅《げっぺい》、果物やナッツの砂糖がけ。杏仁豆腐《あんにんどうふ》や中華風カステラも美味しかった。ちなみに今日は、チュロスをねじったような揚げ菓子だ。甘い香りがなんとも言えず美味しそう！

相変わらず何食かに一回は不審な食事が提供される私にとって、明貴さんのおやつタイムは命綱だ。

思わず前のめりになった私を桂花がたしなめるけど、いつものことなので明貴さんの笑顔は崩れない。

だが、そのまま手を伸ばしかけたところで、なぜかひょいと小箱を後ろに隠された。

「桂花から、姫さまは目的があって脱走しているようにも見受けられる、と報告がありました。しかし抜け出した香織殿を小者につけさせても、下働きの者に親しげにお声をかけたり、食べ物を探したりするばかり」

「ううっ」

「さてさて。香織殿の胸の内、今日こそお聞かせ願いましょうか」

満面の笑みでそうすごまれた。

ゆるりゆるりと雲が流れる。

ここは私のお気に入りの池の畔《ほとり》。植え込みの奥に入れば上手く身を隠せるので、お昼寝にもってこいなのだ。

ゴロンと横になって、穏やかな空にたなびく白い雲を眺めつつ筍《たけのこ》を口に含む。

（あの雲、綿あめみたい……。綿あめってザラメをどうすればできるんだろう？）

真剣に思いを馳《は》せていると、突如、私の視界に苦り切った顔の白皙《はくせき》の美人が現れた。

「そこの狸《たぬき》。講義サボって何してんのよ」

「……」

枇杷《びわ》事件以来、久々に見る陛下だ。

（なんでこんなところにいるんだろ？　それにどうして見つかったの？）

そう思いながら、相変わらず退廃的な色香をまとった優艶《ゆうえん》な陛下を見上げる。

今日の陛下は吉祥文様《きっしょうもんよう》をあしらった青灰色《せいかいしょく》の長衣姿。女物の碧玉《へきぎょく》の耳飾りをつけ、腰まである銀の髪を緩《ゆる》く飾り紐でまとめて片側に流している。ほんのり香る白檀《びゃくだん》の薫りが艶《なま》めかしい。

「ちょっとアンタ、聞いてるの？　アンタにつけた講師たちからサボリが多いって奏上がきてるんだけど。他にも、粗忽《そこつ》すぎて食事のお膳や卓をひっくり返すことも多いとか。ほんと勘弁してよね。アタシ、馬鹿は嫌いなの。大体、なんでこんなところでそんな格好で寝てるのよ」

「……んぐ」

（うっさいなあ。貴重な食事の時間を邪魔しないでいただきたい）

もぐもぐ、もぐもぐ、もぐもぐ、ごっくん。

「あー……、美味しかった」

陛下が苛ついているのも気にせず、口の中の筍《たけのこ》をゆっくりと咀嚼《そしゃく》し、湯冷ましと一緒に呑み込む。

そしてへらりと笑って答えた。

「聞いてます、聞いてます。ええと、何してるかと言われたら、おやつを食べています」

「は……？」

呆気にとられている陛下を尻目に、よいしょっと反動をつけて身体を起こす。

ちなみに陛下が「そんな格好」と言ったのは、薄茶色の筒袖《つつそで》にスッキリとしたズボンを身につけているからだ。眼鏡とつけ毛を外せば見習い少年庭師とかに見えるので、脱走のときはこの格好をしているのである。

「ちょうどいい感じに食べごろなので、陛下もお一つ食べます？」

そう言って、持ってきた入れ物の蓋を開ける。途端に筍《たけのこ》の香ばしい匂いが広がる。

一緒に持ってきた湯冷ましをゆっくりと飲む私の横で、絶句していた陛下が唸《うな》るように呟く。

「その入れ物、炭入れ――違うわね。行火《あんか》？」

「というか、湯たんぽです。でもこれすごい便利な調理器ですよ」

注ぎ口のないヤカンのような入れ物は、本来は肌寒いときに使う湯たんぽだ。けれど私はお湯の代わりに炭を入れて簡易調理器にしている。

そうして中に筍《たけのこ》とかを入れると、いい感じに熱が入り、食べられるのだ。

陛下は私の向かいの岩に腰を下ろし、白い指先で普通よりだいぶ細い筍《たけのこ》をつつく。

「筍《たけのこ》まで貧相ねえ」

「むっ、失礼ですね。これはネマガリダケっていうんですよ。笹の一種なので普通の筍《たけのこ》と違って掘る必要もないですし、地面から出てる部分を引っ張れば採れるんです。細いから火の通りも早いし、食料としては優秀ですよ」

言いながら手元に用意していた岩塩のカケラを、くだいて口に放り込む。

ネマガリダケの優秀さは確かだけど、庶民の食べ物なのでセレブな陛下は知らなくて当然なのかも。

こんなに美味しいのに……と呑気に思っていると、陛下が筍《たけのこ》を手に取りながら私に言う。

「前回が塀の上で、今度は茂みの陰。――アンタ、自分が何やってるかわかってんの？　それとも本当に庭師か狸《たぬき》になるつもりで修業でもしてるわけ？」

心底馬鹿にしたような物言いにカチンとし、こちらも負けじと睨《ね》めつける。

「誰のせいだと思ってるんですか」

「少なくとも契約違反を犯しているのはアンタでしょ。人に責務を説いた口で、よくもここまで講義をサボれるわね。正直言って不快だわ」

「奇遇ですねぇ。私もですよ、陛下」

青筋を立てながら、ニッコリと笑ってみせる。

先日、明貴さんの質問に答えなかった私は、いつもなら食べられるお菓子を食べさせてもらえなかった。それが思ったよりも応《こた》えている。

（あー、お腹いっぱいご飯食べたい。ビュッフェ。ケーキバイキング。焼き肉食べ放題。いや、回転寿司。回転寿司、行きたい！）

妄想が脳裏を駆け巡る。ここまで空腹が続いた後に、消化の悪いものをいきなり食べるのは命取りだ。だからガツガツと貪《むさぼ》って食べたいのを抑え、ゆっくりと食べていたのに……

こんなときに現れて嫌味を言う陛下に、どんどん私の機嫌は悪くなる。

私だって異世界生活も十年になれば、日本では体験しなかった怪我や病気、飢餓《きが》の経験がある。だから今の自分が、結構危うい状態だってわかっているのだ。

食事を抜く日が多いせいで、軽度の栄養失調を起こしている。その上、お肉から摂れるミネラルが不足しているから、いつ味覚障害が起きるかわからない。

だからこうして岩塩を舐めて脱水予防をしたり、味をつけない筍《たけのこ》とかを食べて味覚が狂ってないかのチェックをしているのだ。

毒を盛られたときに、その味の変化にきちんと気づけるように。

そうやって冷静に対処しようとする一方で、予想以上に空腹が長引いた私は、いつもみたいにへらへらと陛下の発言を流せない。

(ああ。もう、本当にイライラしてきたっ。あのとき、部屋の外に人の気配がなければ明貴さんに打ち明けていたのに！　そしたらおやつを食べられたのにっ！)

腹の底で靄《もや》のように溜まっていた怒りが、先ほどのやり取りで一気に燃え上がる。

「大体、陛下があんな嫌がらせの文なんか書いてよこすから、こんなことになっているんです！こちらこそ契約不履行ですぐにでも宮城《きゅうじょう》から出ていきたい気分ですよ」

「アンタがアタシになんかしろって言ったんでしょうが」

「それでどうしてアレになるんですか！」

思わず怒鳴った私に、陛下は「声が大きい」と苦情を返す。まさに一触即発《いっしょくそくはつ》状態だ。

けれど、ふいに陛下が表情を消したかと思うと、私の手元の岩塩と湯冷ましをじっと見、それから今度は顔を静かに眺めて目を細めた。

「な、なんですか」

少し気圧《けお》されて声が小さくなった私の前で、陛下が湯冷ましの入った竹を触る。

「……これ、酒じゃないわね。なのにぬるい――湯冷ましだわ。食事の量は枇杷《びわ》事件のあとから増やしたはずなのに、唇が荒れている。そして塩を味付けに使わないで直接舐め、こんな貧相な筍《たけのこ》をあれだけ時間をかけて食べてる……」

陛下は私の状態を確認するかのように、私の唇と頬に指を這《は》わせる。そして、そのまま低い声で問うてきた。

「アンタかなり長期間、ロクに食事をとれてないわね。……でもそんな報告はあがっていないわ。どういうこと？」

真剣な目で覗き込まれ、思わず目が泳ぐ。無意識に後退《あとずさ》ると、逃さないとばかりに片腕を後ろの岩につかれ、動きを封じられてしまう。

「あ、あのっ……」

いつも気だるそうにゆったり動いていた人とは思えない、俊敏な動きだ。空腹のせいで燃え上がっていた怒りは、いきなり顔を覗き込まれた動揺と、核心をつかれたことで強い戸惑いへと変わる。

「正直に言いなさい。このままだといつか倒れるわよ。アンタもわかってるから湯冷ましと塩を用意したんでしょ」

「……っ」

まるで体験したことがあるような、真摯《しんし》で重い言葉に何も言えなくなる。

もしここで動けなくなったら問題がもっと大きくなる。

それは私もわかっているからこそ、一人でなんとかしようとやってきた。けれど、もう陛下に打ち明けるべきときなのかもしれない。

急速に萎《しぼ》んだ怒りの代わりに、倦怠感《けんたいかん》が強くなり、ぐったりとしてしまう。――それが私の痩《や》せ我慢の限界だった。

「……それ、ただの湯冷ましじゃないです。より安全な二段蒸留水。つまり水を二回蒸留したものなんですよ」

小さく呟いた言葉に、陛下が訝《いぶか》しげな顔をする。きっと聞き慣れない単語があったからだろう。

異世界生活で迷子になって、幾度か水にあたったことがある。だから安全じゃない水を飲み水に変える方法は、実地でも日本でも結構勉強した。雪国でも雪を溶かせばすぐ飲料水になるわけじゃないし、一見何もなさそうな荒野でも、探せば結構水を飲むことはできる。

今回でいえば染め物部屋から拝借した刃物で竹を切り、そこに小石や砂や木炭を詰め、布をかぶせて水を濾《こ》す。それを同じく切った竹筒に入れて、二回沸騰させて蒸留水を作った。

手間隙《てまひま》かかるけど二回も蒸留したのは、それだけこの地域の水が悪いからだ。部屋から炭を手軽に持ってこられる環境だったことは、本当に助かった。

「最初は、青菜から柑橘系《かんきつけい》のいい匂いがしたんです」

「は？」

「数日後には、温かい食事が出ました。でも、私の食事って、神官さんたちが作ってくれているので味付けは薄いし、常にぬるいんですよ。だから、すごく嫌な予感がして、粗相するふりをして食べませんでした」

「……アンタがあんまりにも食い意地はってるから、そうしてくれたんじゃないの？」

陛下が訝《いぶか》しげに問う気持ちもわかる。でも――

「それも考えたんですけど、みなさん本業が神官なのに、突然料理人が作ったような食事になったらおかしいと思いませんか？　しかも側付き女官がいないときに限ってです。どこかで本来のお膳と入れ替わったと考えるほうが自然ですよね」

「……」

「陛下に文をもらってから、他にもちょっとずつ嫌がらせが続いているんですよ。なのでおかしいと思った日は食べないようにしたり、外に逃げ出したりしてるんです」

どの異世界でもみんな言っていた。直感は大事だと。

「……」

いつの間にか無言になってしまった陛下の横で、もう一つ筍《たけのこ》を慎重に食べる。

食べられるときに食べておかないといけない。

そんな私の気持ちに気がついたのか、陛下は足元に転がっていた青い山桃を私に投げて寄こした。

「食い意地のはったアンタが、食事を満足に取らないで日々を過ごすなんてことできるの？」

「ん～。宮中は食べ物を採れる場所があるので、今までやってこられました。それに明貴さんの授業がある日は美味しいお菓子をもらえるので、それを食べて凌《しの》いだり」

とはいえ、本格的にこんな日々が続くなら、そろそろ保存食を作ろうかと考えていた。

今考えれば、多種多様な風土の異世界経験を積んだことで、食べ物に対する知見が広がったんだと思う。特に一番目と二番目の異世界では『究極のところ、生きることは食べることだ』と言われ、色々教えてもらった。おかげで宮廷内でも食べ物を見つけることができた。

「……食事の入れ替えは女官だけではおこなえない。つまり部屋にいる小者にも、明貴のところにも、信用ならない人間がいるってことね」

「まあ、そういう風に考えるのが自然ですよね」

苦虫を噛み潰したような顔をしている陛下を、不思議な気持ちでまじまじと見つめる。

こんな宮城《きゅうじょう》の奥深くで守られている人なのに、ずいぶんと博学だ。そこそこ頭が切れるのは知っていたけど、状況把握能力が高い。飢餓《きが》状態からくる脱水症状と、その治療法なんて無縁な生活だろうに。

（それに怒っていたわりに、私の異変に気がついたらすぐに感情を抑えてくれた……）

最悪な性格だと思っていたけど、もしかしたら本来の陛下は、『いつも不機嫌で神経質な皮肉屋』じゃないのかもしれない。

少なくとも頭の回転と、切り替えが早いのは確かだ。――そう思っていると、似たような、けれども失礼な独白が聞こえた。

「ただの食い意地はった馬鹿狸《たぬき》かと思えば、ずいぶんと慎重な行動をとれたものね……」

（オオイ。そこの口の悪いオネェさん？　せっかく見直したのに、前言撤回！）

「下手に騒がずうまく立ち回ったのは褒めてやるけど、それにしたって講義の必要不必要は、アンタが決めることじゃないでしょ」

どうやらサボりについての報告はしっかりと上がっているらしく、私が特に逃げていた歌舞音曲《かぶおんぎょく》の講義名を次々とあげられる。

「あははは～。安全な食事をとることより優先順位が低かったもので。すみません。でも、外では講義よりも生きた情報が得られます。食事のことがなかったとしても、見聞を広めるチャンスは捨てませんよ？」

呑気に笑いながらも、最後だけ本気のトーンで伝えた。もしかしたら、私の目も笑っていなかったかもしれない。

「アンタも言うわね」

「まあ、ここ五回目の異世界ですし」

小さく肩をすくめる。怯えて過ごすなんてとっくに卒業した。今のうちに足場を固めておかないとね。

「つまり、約束を違《たが》える気で講義を脱走していたわけではないと言いたいのね」

「それはもちろん！　約束は守ります」

いくらなんでも、宮廷から逃げられるとは思わないし、もし逃げられたとしても一人でできることなんてたかが知れてる。一年間ここで協力したあと、市井《しせい》に住む場所を準備してもらったほうがよっぽどいい。

「そう……」

陛下は唇に指を当て、思案深げな表情になった。

しなを作っているわけじゃないのに、なんでこの人っていちいち仕草が色っぽいんだろう。

「アンタの考えはわかったわ。ただ、今のままだと『皇帝は気に入った「龍神の娘」ですら皇妃《こうひ》にしなかった』じゃなくて、『あまりに粗忽《そこつ》な「龍神の娘」に皇帝が愛想を尽かした』になるわよ」

「うっ」

それは否定できない。

「こっちだってアンタが有利になるように、わざわざ撥《ばち》を贈ってやったのに。このままだと明貴が、違反で一年延長いたしましょう――とか、言ってくるわよ」

「あぁぁ……ありえる……」

口調までありありと想像できるのが怖い。

「今更ですけど、本当にあの恋文モドキは陛下のお心遣いだったわけですか……」

「何よ。アンタが言ったんじゃない。自分だけが努力してる、なんか支援しろって。確かに今回の後宮入りの件はアタシが動かないと信憑性《しんぴょうせい》が増さないから、贈ってやったのよ。それとも、まさかただの嫌味だとでも思ってたわけ？」

「あはは」

（ええ。実はそう思ってました。スミマセン。つうか、正直、気遣いがわかりにくいよ！）

どっと疲れが出る。

「とにかく、後宮に入るお約束は守りますんでご安心ください！」

だいぶ時間が経ってしまったことに気づいた私は、そう締めくくる。

桂花も怖いけど、明貴さんはもっと怖いのだ。――そろそろ部屋に戻らねば。

パンパンと葉っぱを払って、湯たんぽを持って立ち上がる。相変わらずお腹は減っているけれど、ずっと一人で抱えていた問題を人に話したせいか、気持ちは軽かった。

「お披露目会まであと半月程度しかないし、部屋に戻って勉強します」

そう告げた私に陛下は一つ頷いて、食事の件は自分がなんとかする、と約束してくれる。

「ありがとうございます。気長に待ってます」

「精々頑張んなさい。アタシだってアンタの狸《たぬき》顔と付き合うのは一年で十分だわ」

小憎らしい言葉とともに、ふと思いついたように小さな巾着《きんちゃく》を投げられる。

（え、何？）

両手で受け取ったそれを開けてみると、中には琥珀《こはく》のように艶《つや》めく飴玉が入っていた。

「それあげるわ。あと、今日ここで会ったことは、明貴には言わないでおいてあげる」

慌てて顔を上げると、長い髪を翻《ひるがえ》して立ち去る後ろ姿が見えた。

(少し物言いがムカツクけど、食べ物をくれるなんて――)

いい人だ。うん、食べ物をくれる人はいい人だ。

飴はカロリーが高く、日持ちもする。今後も何があるかわからないから、油紙《ゆし》で包んで非常食にしよう。

そんなことを考えながら部屋に戻る小径《こみち》を進む。

飴が入った巾着《きんちゃく》を目の高さまで持ち上げてみると、五爪《ごそう》の龍が丁寧に刺繍《ししゅう》されている。たかが飴入れにも彼のセンスが感じられ、なんだか感心してしまった。

一見、神経質で気も短そうな陛下は、意外に聞く耳を持つ人だった。

(いつも私のことを馬鹿にしているのに、今日の陛下はきちんと話を聞いて、冷静に状況を判断してくれた。それって逆にすごいことかもしれないな)

陛下の評価を見直しながら、飴玉を口に含む。すると、途端にはちみつの芳醇《ほうじゅん》な甘さがふわりと広がり、自然と頬がゆるむ。

そのまま軽くなった足取りで角を曲がると、野太い声に呼び止められた。

「お、坊主。もう道はわかるようになったのかい」

「しっかり前を見ないとまた迷子になるぞ」

「団長さん！　副長さん！」

顔見知りの兵士さんたちに声をかけられた私は、慌てて巾着《きんちゃく》をしまい、彼らに駆け寄る。

「今日も演舞の練習ですか？」

「ああ。お披露目会まで日がないからな。坊主のおかげで、俺たち内廷区外西路《がいせいろ》の演舞は完成しそうだ」

彼らの中でも一際大柄な男性が日に焼けた顔で呵々《かか》と笑う。

この人は通称、団長さん。宮廷の西地区の一角を守っている兵士長さんだ。

少しこけた頬とは反対に、筋骨隆々《きんこつりゅうりゅう》とした身体つきは精悍《せいかん》で、『ガテン系ちょい悪オヤジ』という単語が似合いそうな人だ。

あと、厳《いか》つい風体に似合わず、迷子になった私を神殿まで連れていってくれた優しい人でもある。

彼の後ろでは顔見知りもまじった二十人ほどの兵士たちが、軒下《のきした》で汗を拭きながら竹の水筒を傾けていた。

「もう少し早く来たら見られたんですね。残念です」

「坊主の田舎《いなか》の楽時《ラジオ》生体操ってのを取り入れた改良版だ。『龍神の娘』のお披露目会が終わったら一度見せてやるよ」

「やったぁ！」

上級妃が輿入《こしい》れするときには、各地区の宮廷兵が祝いの演舞を競演するのが慣わしらしい。

以前こっそりと見たけど、きりりとした華がある演舞はすごくかっこよかった。練習であんなにすごいのだから、本番はさぞかし素敵だろう。

本番も見たいなーと思うが、そのとき私は別の建物で儀式中だ。つまんないったらありゃしない。

ちなみに団長さんが言った楽時生体操《ラジオ》とは、まんま日本のラジオ体操のことだ。

ある日、ひょんなことから演舞に使えるアイデアはないかと聞かれた私は、ラジオ体操しか知らないと答えた。すると興味を示した団長さんに見てみたいと言われ、全力で披露した。

報酬品の草餅に目が眩《くら》んだのである。

結果、なぜかわからないけどヒントを得たみたいで、気がつけばマッチョイケメンたちの麗《うるわ》しい演舞にラジオ体操のアレンジが加わることになった。

もうまったく原形はとどめていないものの、異世界人の美的感覚はどの世界も謎だ。

「団長さんたちの演舞、楽しみにしています」

「おお！　任せておけ！　これでウチの若い奴らも嫁さんを捕まえられるといいんだけどな」

「……？」

(祝いの演舞と嫁探しってなんか関係あるのかな？)

演舞でかっこいいところを見せるとモテるということかもしれない。

そういえば演舞を見せてもらえるなら、後宮に入ったあとに脱走する方法を考えないと――そんなことを考えていると、

「そういや坊主。お前、明貴様とお知り合いなのか」

と、副長さんに聞かれた。

副長さんはスラリとした正統派イケメンだ。しかも単に目鼻立ちが整っているだけじゃなく、甘い顔立ちで笑った顔が可愛い。

やっぱり宮城《きゅうじょう》には見目がいい人が揃っている。そんなことを思いながら、副長さんの問いを否定する。

「いえ、特段知り合いってわけでは……」

「けど、前にお前を神殿に送っていったあと、明貴様にひどく叱られてたのを見たぞ」

ちょっと悪戯《いたずら》っぽい顔で「なんで？」と顔を寄せられる。

「そ、その……」

聞かれた内容にも、近い距離にも困って、口ごもってしまう。

（うーん。下手なこと言うと、墓穴掘っちゃいそうだしなぁ）

それに、副長さんは以前見た宮廷兵と似た背格好をしているから、ほんの少しだけ警戒してしまうのだ。

（でも似た人なんて、たくさんいるんだよね）

あのあと色々なところに行ってわかったのだが、城内のどこへ行っても『龍神の娘』と陛下の婚礼話でもちきりだ。

しかも、恋の季節ですかというくらい、あちこちで女官を口説いている人を見かけるから、あの日の男が特段怪しいわけでもない。

副長が例の男とは限らないうえに、もし当人だとしても問題ない。そう、そのはずだ。

（なのに、どうして気になるんだろ……？）

思わず副長さんの顔をじっと見る。

「えっと……、俺、なんでこんな熱視線を送られてるの？」

「確かに坊主、よくコイツのこと見てるよな」

ちょっと気まずそうな副長さんに、他の兵士さんまで便乗して聞いてくる。

(うわっ、やばい。ごまかさないと！)

けれど、焦れば焦るほど上手く言葉が出ない。その結果、変なことを聞いてしまった。

「ふっ、副長さん！　副長さんの女の子の口説き方教えて！」

すると、一瞬の間のあと、兵士さんたちが爆笑する。

「そっか、坊主も色気づく年頃か！」

「お前、それがずっと聞きたかったのか」

そう言う副長さんも、肩を揺らしている。なんか違った意味で目が優しい。

「わかった、わかった。今度時間があるときにでも、ゆっくり教えてやるよ。でも団長のほうがモテるけどな」

「お前は、また昔のことを……」

話をふられて苦い顔をする団長さんの陰で、ほっと一息。

団長さんは気配でそれを感じたのか、ふりむきながら「で、結局、なんであんな天上人がお前を構うんだ？」と至極当然の疑問を口にした。

「ええと、『龍神の娘』に頼まれた白木蓮《はくもくれん》を、迷子になって神殿にお届けできなくてですね……。それでお叱りを受けていたわけです」

とりあえず『龍神の娘』絡みにしておけば、『口止めされているので言えません』とかごまかせるだろう。――そう思ったけど、甘かった。

「てェことは、お前、『龍神の娘』を見たことあるのか!?」

今度は副長さんだけでなく、兵士さんたちにもわらわらと囲まれる。

「異界から来ただけあって、スゲェ浮世離れしてるって聞いたぞ、俺」

(多分、それは正解)

「眼鏡をしているって噂だし、才女なんだろ?」

(んなわけないいって)

「……俺は狸《たぬき》顔だって聞いてたけど、こないだちらっと見たら背の高い美人っぽかった」

(あ。それきっと、別人だと思いま～す)

「そりゃあ、絶世の美女だろ、もちろん!」

(わはは。残念だなっ!)

「殷煌陛下が、『龍神の娘』に恋文をしたためたっていうじゃねえか」

(ええ～……)

一人一人に胸の内で突っ込んで遊んでいたけど、最後の一言にテンションを下げられる。

(恋文の話は、後宮の妃嬪《ひひん》どころかこんな一兵卒の人たちでも知ってるんですかぁ?)

本気でげんなりする私とは対照的に、兵士さんたちは目を輝かせて語り出す。

「これでついに殷煌陛下にも、お世継ぎがお生まれになるな」

「ああ。印東国の天下泰平は永久《とこしえ》に約束されたようなもんだ！」

「『龍神の娘』となら、お子も『龍の加護』を持つこと間違いなしさ」

（ひえぇ！　龍神信仰のことは知ってるけど、ここまで来るとなんかすごい怖い！）

引いてしまった私は、思わず素直に疑問を口にする。

「生まれてくる子が男の子とは限らないと思うんですが……。っていうか、陛下ってなんでここまで人気なんですか？　――うぶっ！」

その瞬間、巨大な掌《てのひら》が顔の半分を覆《おお》うように巻き付いてくる。突然のことに目を白黒させていると、私の口を覆《おお》った団長さんが、慌てた様子であたりを窺《うかが》っていた。

その後すぐに手を離してもらえたけど、そのまま通路の陰に連れていかれ、叱られる。

「おい坊主！　いいか、確かにガキの時分には、人と違うことを言って粋《いき》がりてェ時期がある。だがな、陛下のことでそれはやめろ。場合によってはその場で処罰されるぞ」

「す、すみません……でも、今までの皇帝だって、天の気を読まれたんですよね？」

殷煌陛下ほどじゃなくても、歴代皇帝だって天候を読み解く力があったはずだ。そう問うと――

「確かに歴代の皇帝も天の気を読まれた。しかしここ数代、急激に宝珠の力が落ちて、天地の気流が荒れているんだ」

つまり、『龍の加護』の力が揺らいでいるということか。

そういえば、召喚のときにもそんなことを言っていた気がする。

納得した様子の私を見て、団長さんはさらに声を落として説明を続ける。

「実際、先代の洪明王《こうめい》も、天の気を読むことには長《た》けていなかった」

洪明王は印東国の属国を次々と増やしていった武王で、殷煌陛下のお父さんだ。

国内の治世にあまり興味がなく、意識は常に国外に向いていた野心家らしい。

「先帝の晩年は特にひどくてな……。水害や日照りが続いたせいで農作物の生産量は増えず、戦《いくさ》に男手をとられた田畑も荒れたままだった。しかしそんな中、跡を継がれた殷煌陛下は天の気だけでなく、遠水《えんすい》の大洪水まで予言してくださった、尊《とうと》いお方なんだ」

遠水《えんすい》は、印東国に流れる暴れ川の名前である。

氾濫する際に遠くの水が一気に押し寄せてくる様《さま》と、交易の主要航路として遠方から巨額の富を運んでくることから名付けられたと聞いた。

「しかも殷煌陛下のすごさはそれだけじゃない。陛下はただの二重堤防ではなく、その土地に合わせて様々な形の堤《つつみ》を作ってくださったんだ」

他にも、増水時には水の流れを分けて勢いを削ぎ、平時は合流させて大河に戻す仕組みを各所に設けたらしい。それと同時に、上流、中流、下流の水量と流速を観察し、いち早く宮城《きゅうじょう》に伝えられる伝令法までも広めたのだという。

「大河の大洪水を予言できる力はすごい。けれども陛下はそれだけじゃねえ。そこから具体的な運用法を考え、実施することができる力を持っているんだ」

「団長さん、お詳しいんですね」

「俺たちは現場叩き上げだからな」

感嘆の声を上げた私に、横で聞いていた副長が笑って答える。団長は真剣な表情でうなずき、言葉を続けた。

「陛下のことを、後宮にも跡継ぎ問題にも見向きもしない暗君だと、悪く言うやつはいる。――けど、頭でっかちな役人どもが何度も会議を重ねて失敗する問題を、陛下は龍勅令《りゅうちょくれい》一つで解決に導くんだぜ。印東国の国民から絶大な信頼があるのもわかるだろ」

龍勅令《りゅうちょくれい》とは『龍の声』を聞いた陛下が出す勅令のことだ。そのお告げ一つで収穫量が天と地ほども違うとなれば、もはや生き神様だ。

ほーと、素直に感心する私を見て、団長さんは脱力する。

「坊主、なんでここまでものを知らないんだよ」

「お前、あれだろ。田舎《いなか》ではそこそこいいところのボンボンで、箔《はく》をつけるために宮中に上がった三男坊あたりだろう」

「絶対勉強嫌いだよな」

「食い意地か方向音痴《おんち》で失敗して、降格されたのか？」

団長に、みんなして乗ってこないでほしい。

「世間知らずって意味では近いですが、ボンボンってわけでも……」

「けど、ただの奴婢《ぬひ》や下男ならそんな綺麗な指先してねぇよ。明貴様に名前を覚えられているし、事情があって礼部預かりの人間なんだろ？」

（なるほど。そういうことか）

自分の指先をしげしげと眺めて素直に頷いておく。

「団長さんは、間近で荒れた遠水《えんすい》を見たことがあるんですか？」

「俺と副長の田舎《いなか》は是州《ぜしゅう》だからな」

苦笑しながら教えてくれた土地の名は、特に川の氾濫の多い農耕地区だ。

「その土地の農民をまとめあげ、ときに荒れ狂う大河の堤《つつみ》や堰《せき》を作るためには、高い統率力がいる。都から来た貧相なお役人だけでやろうとしても無理ってもんだろう？　だから俺たちが現場を指揮していたのさ」

その口調は、なぜか自嘲《じちょう》気味だ。

「軍戸《ぐんこ》出身とはいえ、ただの地方の荒くれもんの俺が、何の因果かこんなところに来ちまった」

まるで分不相応な出世をしたみたいな言い方をしているけど、いつ鉄砲水で流されるかわからない荒れ狂う大河で、人命を背負って堤防を作り上げたのだ。それは偉業と言ってもいいんじゃないだろうか。

「敵と戦うのが誉《ほま》れで、洪水で氾濫した大河の護岸《ごがん》工事が情けない仕事だなんて言ったら、それこそ仕組みを考えた陛下に対して不敬なんじゃないんですか」

思わず呆れた声が出る。

「いざ有事になれば、自分たちの陣営をどれだけ強固かつ迅速に作れるかが勝敗のカギを握ることだってありますよね。だから土木工事って大事です。それに宮城《きゅうじょう》に呼ばれたのだって、現場を知る人の意見を聞きたいからじゃないですか」

あの陛下のことだ、益《えき》になると判断したから団長さんを呼び寄せたんだろう。

そんなことを思ってると、なぜか唖然《あぜん》として聞いていた団長さんを始めとする兵士さんたちがじわじわと表情を崩し、やがてどっと朗《ほが》らかな笑い声を上げた。

「ちげぇねぇ」

「お前なかなかいいこと言うじゃねぇか！　よし！　坊主、お前いつもの楽時生体操《ラジオ》しろ」

「ええっ⁉」

「まだ見てないやつがいるんだよ」

わしゃわしゃと髪をかきまぜられて、気がつけばまだラジオ体操を見ていない兵士さんたちが簡易観客席を作り出す。

「礼として肉まんをやるよ。どうだ、やる気になっただろ？」

「やります！」

飴に引き続き、お肉まで食べられる。今日はなんていい日なんだ。

そうして調子に乗ってラジオ体操を披露していたら、いつの間にか「いやあ素晴らしい」と、微笑みつつも明らかにブチ切れている明貴さんが観客席のど真ん中に座っていた。あはははは。

「それで明貴にしこたま怒られたってわけ。懲《こ》りない狸《たぬき》ね、アンタも」

「いやあ、それほどでも」

ある日、いつもの池の畔《ほとり》でサボっていると、また陛下に声をかけられた。

今日は朝から少しだけ悪寒がするから、講義は自主休講である。

(ここでのんびり日向ぼっこをしようと思っていたのに、まさかまた見つかるなんて)

でも、この間の飴と団長さんたちから聞いた話もあって、前とは少し違った目で陛下のことを見てしまう。

例えるなら、『滅茶苦茶腹立つ、取引先のお偉いさん』から『すんごい癖のある、やり手の上司』くらいへのランクアップ。

陛下も私に慣れたのか、普通に話しかけてきた。

(もしかしたら、お互い喧嘩腰じゃないのってこれが初めてなんじゃないだろうか……)

そう思うと、前はあんなに苛ついていたことに、驚きを感じてしまう。あまり異世界で人に苛つかない私としては、ちょっと新鮮な気持ちだ。

「で、部屋を変えてみてどうなのよ?」

以前と同じ岩に腰掛け、頬杖をつく陛下。

「おかげさまで食事に不審なものが入っていることはなくなりましたし、不審物の鑑定結果も出ました！　ありがとうございます」

私もだらしなく足を投げ出して座っていたけど、お礼のときだけはきちんと正座し、ペコリと頭を下げる。

あの日、陛下はすぐに明貴さんに指示を出してくれたのだろう。翌朝には新たな部屋に移ることになっていた。

『身の回りのことは警戒していたつもりですが……。申し訳ありません。早急に新たな手を考えます。とりあえず側仕えの人員の変更と、偽の「龍神の娘」を用意しましょう。同時に、香織殿には新たな部屋を用意させましたので、取り急ぎ、移動してください』

サボってラジオ体操をしていたことに怒っていた明貴さんも、そのときばかりは申し訳なさそうにしていた。けれど、彼が悪いわけではないので気にしないでほしい。

その後、前の部屋の一斉捜索をおこなうと、案の定不審物の数々が出てきた。

(ただ、それがねえ……)

その内容が、また違った意味ですごかった。

あちこちから不妊などの呪詛《じゅそ》によく使う糸が出てきたのだ。その一方で私に懐妊を促《うなが》す呪《まじな》いや、どこかの一族の子孫繁栄を願う紙なども隠されていたとか。

私の枕の中から、恋愛成就を願う手巾――ハンカチが出てきたときなんて、女官さんの何人かが泣き伏したとげんなり顔の桂花から説明を受けた。

『見つかって羞恥《しゅうち》のあまりに泣き伏しているのかと思いましたら、手巾が他の人間に見つかったら効果がなくなると泣いて訴えられて、わたくし、さすがに頭を抱えましたわ』

小学生の恋のおまじないレベルの話に、なんとも言えなくなる。呪詛《じゅそ》だってしょぼいものばかりで、ただの嫌がらせの域だ。

『龍神の娘』に対する過度な期待と、不信。そこに権力闘争が入りまじったような、なんとも言えない結果に、明貴さんと桂花の三人で唸《うな》ってしまった。

でもこの一件で、私は様々なことを知った。

今まで神官さんたちが食事を作ってくれていたのは私の身の安全を優先したからで、食事がぬるかったのも毒味をしていたせい。よく出されていた美味しくない青菜が、毒消しの効能がある薬草だとも教えてもらった。

『香織殿が菜食にご不満があったのは知っています。けれども服毒の危険性があると言えば怖がらせてしまうと思い、あまり説明もなく召し上がってもらっていたのです』

『ということは、私、後宮入ってからもこんな食事なんですか⁉　お肉、食べたいのに……』

『後宮に入れば食事は華膳房《かぜんぼう》という場所で作られます。そこの調理人には見張りがつきますし、毒味役も大勢います。だから菜食は後宮に入るまでの我慢です』

あまりに萎《しお》れてしまった私に、明貴さんが教えてくれた。

しかも上級妃の館には、簡易キッチンがあるというのだ。つまり念願の夜食も食べられるらしい。

その話を聞いて、お肉を食べられる日のために頑張ろう、と私は元気を取り戻した。

——そんなやり取りを説明すると、陛下が呆れたように言う。

「本当に食い意地はってるわね。試しに今まで宮城《きゅうじょう》で見つけた食べ物、何があったか言ってみなさいよ」

そう聞かれて、指折り数えながら食べ物をあげる。

「枇杷《びわ》でしょ、山桃でしょ……筍《たけのこ》、椎茸《しいたけ》、蕨《わらび》、蓬《よもぎ》、あと何かあったかな」

「アンタ、茸《きのこ》食べたの⁉　毒茸《きのこ》も多いのに、よく死ななかったわね」

「あはは。茸《きのこ》は外観がよくないからすぐに刈り取るって聞いたのに、なんか一箇所これ見よがしに生えてる茸《きのこ》があったんですよ。下働きの子に聞いたら椎茸《しいたけ》だろうって」

陛下が驚くのも無理はない。本来茸《きのこ》は食用かどうかを見極めるのがとても難しいのだ。しかし薬にもなる椎茸《しいたけ》はこちらではすごい高級品。人工栽培技術もないため、わざわざ庭師が残しておいたのだろう。絶対そうだと思って食べたら、やっぱり椎茸《しいたけ》。塩焼きだったけど、あれは美味しかった。

「相変わらず雑草のようなたくましさね」

「お褒めいただき光栄です」

「褒めてないわよ、馬鹿」

眼光鋭く睨まれるけど、前と違ってあまりムカッとしない。

呑気に笑っている私に呆れたように、「アンタと一緒にいると、こっちまで阿呆になりそうだわ」と溜息をつかれた。

「そういえば、その服、どこで手に入れたのよ」

「あ、これですか？」

今日の私はいつもと同じ下働きスタイル。これを見つけたのは例の染め物部屋だ。実は、ドサクサに紛れて持ってきたのだ。

でもそんなこと正直には言えないので「ええと、私が縫いました」とごまかしてみる。

「嘘おっしゃい。アンタの刺した刺繍《ししゅう》見たわよ。服なんか作れる技量ないんじゃないの？　それにどうやってそんな薄汚れた布を手に入れたのよ」

「ですよね～」

仕方なく「迷子になった先で見つけました」と言うと、あっさりと納得してくれた。

それよりも私が、どうやって宮城《きゅうじょう》のあっちこっちへ行っているのかということのほうが気になるらしい。

「アンタ、想像を絶する方向音痴《おんち》で、よく迷子になってるって聞いたわよ。そのわりにはこの池には迷わず来られるみたいじゃない」

ちょっと不審そうな陛下に、どう説明したもんかなと首を傾げながら口を開く。

「んー。私が覚えられないのは主に建物なんですよ。なので、何がどこで採取できるかというのを根幹にして覚えました」

手元に転がっていた小石を取ると、座っていた姿勢からころりとうつ伏せになり、地面に簡単な王宮の山菜マップを描く。

「例えばここから南の雲陽宮《うんようきゅう》には山桃と柘榴《ざくろ》の木がありますし、その東にある大きな門の詰め所に寄ると、世間話だけでなくときどきお菓子をもらえます。さらに南に下ると馬房があって、そこの裏手の壁には蔓葡萄《つるぶどう》が――」

「ほんとアンタって、食欲だけで生きてるのね！」

滔々《とうとう》と語る私に陛下のツッコミが入る。

まったく、何をおっしゃいます。食べることは大事ですよ？

「まさか後宮入りしてからも、脱走するつもりじゃないでしょうね」

「どうでしょう？　後宮に入れば食事のグレードが上がるし、簡単な調理場も自室にあるって聞きました。だから、多分大人しくするんじゃないでしょうか」

他人事のように言ってみると、陛下が片手で顔を覆《おお》って呻《うめ》く。

「最悪だわ。妃嬪《ひひん》が食べ物求めて後宮を抜け出そうとするなんて、聞いたことないわよ」

「あははは」

笑いながら、陛下には言っていない、迷子が減ったもう一つの理由に思いを馳《は》せる。

それは、その辺に立っている石碑を道しるべにするのをやめたことだ。

だって建物の前の石碑に『＊＊門』とか『＊＊亭』って仰々しく書いてあるのに、実際は違う名前の門だったり建物だったりするのだ。下手すると隣の門の名前が書いてあることだってあったし、そりゃ混乱もするよ。

何度も間違えて、ようやく『石碑に書かれているのは、もう使われていない古代文字なのか！』とわかったけど、何の力か勝手に文字が読めてしまう私には、ほんと迷惑な話だ。

何はともあれ、迷子が減ったのはいいことである。

「まあでも、『龍神の娘』が部屋を抜け出すのは結構有名らしいですし。入宮後に後宮から抜け出しても、あんまり違和感ないんじゃないですか。駄目ですかね」

「駄目に決まってるでしょ。どこまで馬鹿なの、アンタ」

「やっぱり駄目ですか。ちぇっ」

確かに宮城《きゅうじょう》の一角に住んでいる私が部屋を抜け出すのと、宮城《きゅうじょう》の最奥にある後宮の妃嬪《ひひん》が館を抜け出すのではわけが違うか。仕方ない。

気がつけば二人でだいぶ話し込んでいたようだ。陛下が来るまではぽかぽか日向だった芝生も、影に入ってしまってひんやりと冷たい。

その冷たさがなんだか気持ちよくて、動きたくない気持ちになる。

（ああ、このまま寝ちゃいたい……。でも、陛下の前で昼寝をするのは、さすがに不敬の極みだろうしなぁ）

「そういえば、陛下はなんで私がいるってわかったんです？」

なんとか眠気をなくそうと、前から気になっていた疑問を口にする。

「池の向こうに立っている景翠宮《けいすいきゅう》はアタシの午睡所《ごすいじょ》。そこからここは丸見えよ」

そう言われて納得する。

この池は、上から見ると歪んだひょうたんみたいな形をしていて、そのくびれの部分の片側に小さな館が立っている。館の後ろは岩山を思わせる崖になっているから、池の上の大きな太鼓橋を渡る以外の出入りはできない。

太鼓橋の入り口に立つ兵士に見つからないように植え込みの奥に隠れていたけれど、確かに館のほうから見たら私の行動はバッチリ見えているはずだ。

（う～ん。さすがに盲点だった）

今いるのは、少しひらけた池のほとり――ちょうど、ひょうたんのフタにあたる部分だけど、今度はもう少し別の場所で休もう。

意外な落とし穴に反省していると、陛下が私の横に積んである山桃を嫌そうな顔で手に取った。

「虫とかついてないでしょうね」

そう言いながら池の水で洗う。やっぱり結構神経質だ。そして一口齧《かじ》ってからぼそりと呟いた。

「美味しくはないわね」

「まあ酸っぱいです」

そう返した私を見て、今度は盛大に溜息をつく。そしていつぞやと似た巾着《きんちゃく》を胸元から取り出し、中の飴を一つつまむ。

「ホラ」

私に覆《おお》いかぶさるような体勢で、長い指先が目の前に差し出された。

大粒の飴玉も、陛下の長い指が優雅に持つと、まるで宝石のようだ。目線を上げると、少し伏し目がちな目元に綺麗な白銀のアイラインが引かれているのが見えた。

(陛下って、本当に綺麗な顔立ちをしてるんだなあ……)

なんだか思考が散漫になって、ぼんやりとしてしまう。その一方でなぜか落ち着かない気持ちにもなった。

煙管《キセル》の甘い香りと、伽羅《きゃら》の香りがまじった陛下独特の香りのせいだろうか。

小さな胸のざわめきを払拭するように、そのままぱかっと口を開ければ、爽やかな甘さとすっとした清涼感が口いっぱいに広がった。——これ、薄荷《はっか》飴だ。

「なんか動物に餌あげてる気分だわ」

「ありあとーおあいます」

陛下が身体を離すと、彼の香りも遠のく。その際にバランスを崩したのか、まるで脈を測るみたいに首筋に指が当てられる。

あまり気にせず飴を堪能していると、ふと唐突に一つの疑問が湧いた。

「あれ？　そういえば、陛下はどうやってここに来たんですか？」

私を見つけた方法はわかった。でも池に小舟があるわけでもなし、橋を渡らずにどうやってここに来たんだろう。

散らかる思考をかき集め、のんびりと尋ねる。すると返されたのは、「ようやく気がついたの？」というといういつもの呆れた口調。でもさっきより少し苛ついているようにも見えるのは、気のせいだろうか。

「ほんっと、野狸《のだぬき》は厄介ね……。なんでアタシが――」

なんかブツブツ言っているけど、よく聞こえない。しかも今、小さく舌打ちされた気がする。

「仕方ない。こっちにいらっしゃい」

重い身体を起こし後に続くと、池の畔《ほとり》にある小さなお堂の裏に連れていかれた。陛下は、表からは完全に見えないところにある扉を開け、地下に下りていく。

「ここは景翠宮《けいすいきゅう》に繋がっているのよ」

「うわぁ」

しばらくすると、豪奢な建物の地下室に出た。そのまま上の階に上がると、超高級なゲストハウスみたいな部屋があった。

「おおお～。すごいすごい。やっぱりああいう抜け道があるものなんですね」

呑気に言った私の顔に、ぼふりと何かが飛んできた。

いひゃい。

「何するんですか」

「そこの長椅子貸してやるから寝なさい。――どうせ睡眠もあまりとれてないんでしょう」

そう言われてビックリする。手元を見れば、投げられたのは羽根枕だった。

「食事はとれるようになったはずなのに、顔色は相変わらずひどいわよ。そんなに日々の生活に緊張しているのなら、ここで少し休みなさい」

「あ……」

「アンタに倒れられたら迷惑なのよ」

ふと横を見ると、飾り鏡に土気色の顔をした貧相な少年庭師が映っていた。

(気づかれてたのか)

実を言うと、陛下と話している最中から身体が急激に重くなっていたのだ。

(でも気づかれないように、しっかり気を張っていたはずなのにな……)

緩慢《かんまん》な動きで椅子に座ろうとした私のおでこを、陛下が二本の指で押す。たったそれだけの衝撃にも耐えられずに、長椅子に倒れ込む。

「さっさと寝なさい」

その言葉を聞き終わらないうちに、私の意識は崩れ落ちた。

＊　＊　＊

夢を見ていた。
もうずっと見ている同じ夢。

一つ目の世界では、深い森の中に小さな泉が見える。
木々は朝露《あさつゆ》に光り、鳥たちのさえずりが聞こえた。
二つ目の世界では、荒野に並ぶ風車の姿が見える。
風車の軋《きし》む音は、赤子の子守唄のようだ。
三つ目の世界では、城下町の賑《にぎ》わいが見える。
お触れの声とともに、角笛の音が響き渡った。
四つ目の世界では、雪の国の景色が見える。
白い雪山に、堅牢な城がそびえ立っていた。

懐かしいそれらが、絵本のページを捲《めく》るように次々と入れ替わる。そして、気がつけば闇《やみ》に浮かぶ私にどこからか聞こえる声が、歌うように問いかける。

『次の世界はどこにしよう』

『今度の絵本は何にしよう』

いつの間にか手に持っていた絵本には、印東国の景色が次々と映し出される。次いで豪奢な衣装に包まれた私の姿も浮かび上がった。

(私……？　未来の、私？)

そう思ってページに触ろうとすると、絵本がぱらりぱらりと壊れ始める。

『五つ目の世界は、龍の庭』

『味わう苦難は、蜜の味』

不思議な声は童歌《わらべうた》のように響き渡り、その声に呼応するかのごとく絵本が次々と壊れていく。

漆黒の闇《やみ》の中、印東国のページは細かく砕《くだ》け、雪のように舞い散る。私の耳には、歌みたいな調べだけが残った。

『次の世界はどこにしよう』

『今度の絵本は何にしよう』

(もうやめて)

(もうどこにも行きたくないの！)

叫ぶ私の声が闇《やみ》にこだまする。

その叫びに応《こた》えるように、闇《やみ》の中で龍がうごめいた。

＊＊＊

（ああ。美味しかった）

ふいに意識が戻り、一番最初に思ったのはそんなこと。その次に、五爪《ごそう》の龍が飛翔し極楽鳥花《ごくらくちょうか》が舞う格子天井を見ながら、ここはどこだろう、という疑問が浮かんだ。

「……」

まだ寝ぼけているのか、頭が少しぼうっとしている。けれど、重かった身体はすっかり楽になっていて、ぐきゅ～とお腹が鳴った。

あたりを見回しても誰もいない。代わりに、寝台のそばには空《から》のお膳と薬の入った薬包紙、火が消えた燭台などがあった。

（んんん。なんか嫌な夢見てたみたい）

そうして身体を起こしてから、ようやっと自分がやけに豪奢な寝台で寝ていたのだと気がつく。

（もしかして、私、勝手に泊まっちゃったのかな……）

寝台から静かに下りる。

帯は緩《ゆる》めてあるし、靴も脱いでいるけど昨日と同じ服だ。

昼寝をするつもりで翌朝までぐっすり寝てしまったらしい現状に、脳内で桂花が怒鳴っている。

（誰かが来るまでおとなしく待とうかな）

殊勝な気持ちでそう思う。

でも再び鳴ったお腹に負けて、そっと廊下に出る。そこにも誰もいなかった。

（ここは陛下の午睡所《ごすいじょ》ってことは、今この建物には誰もいないのかな？）

窓から差し込む光を見るに、今はまだ早朝。陛下が自分の寝殿《しんでん》に戻っているのならば、この館が無人でもおかしくない。

このまま帰っていいのかわからなくて、とりあえず廊下を進んでいくと、目立たない場所に下へ続く小さな階段を見つけた。

（仕方ない。挨拶は後にして部屋に帰ろう）

そう思って階段を下り、行きに通った通路をうろうろと探してみるけど、開けた扉の先は全部書庫だった。

どうやら下りる階段を間違えたらしい。

「池の畔《ほとり》にある宮殿の地下に書庫？　火事対策にはいいけど湿気は大丈夫なのかな」

不思議に思いながらも、シンとした廊下を進んでいく。すると、小さく扉が開いている部屋を見つけた。

「うわぁ……」

そこは不思議な部屋だった——

他の部屋より高い天井、生成《きな》り色の壁。飾りの少ない焦げ茶色の桟《さん》がぐるりと走る。

正面の壁には細長い採光窓が四つあり、どうやっているのか湖面からの光を取り入れていた。

壁に掛けられているのは絵画ではなく、川や河口の地図だ。腰高の飾り棚には、一見普通の石が地名とともに綺麗に鎮座している。

（なんだろう、この部屋）

鮮やかな色味は一切なく、まるで中洋折衷《ちゅうようせっちゅう》のレトロな近代建築だ。博物館を彷彿《ほうふつ》とさせる不可思議な空間に、そっと足を進める。

部屋の中央にいくつかの卓が置かれている。その上にも、大小様々な小石や砂が枯山水のように置かれていた。

（これ、もしかして川の模型図？）

砂地の中央に絹糸で作った大きなうねりがあり、ところどころに色付きの石が置いてある。横に置かれている『遠水《えんすい》　是州　止工堰《しこうせき》』と書かれた地図と、枯山水モドキはそっくり同じ形。反対側に広げられている古い地図にも、似たような河のうねりが描かれている。

掠れた文字を読んでみると、古代文字で『大河遠水《えんすい》　是州洪水記録』と書かれていた。

（もしかして、ここは龍神のお告げを検証する部屋なのかな……）

思ったよりも大事な部屋だ、私なんかが入ったらまずいと踵《きびす》を返そうとして――卓の裏の長椅子に人の影を見つけ、思わず息を呑んだ。

（え!?　誰っ――って、へ……陛下？）

浴衣のような薄い夜着に、結っただけの白銀の髪。化粧をしていない肌は艶《つや》やかで、すっと通った鼻梁《びりょう》や頬に落ちた影が彫刻のよう。長い首筋から続く肩のラインや胸元までの稜線《りょうせん》は、細身ながらもしっかり鍛え上げられている。

この姿を最初に見た人は、決して彼のことを美女とは呼ばないだろう。それくらい、私の知っている陛下とは違っていた。

陛下の素顔を垣間見てしまった罪悪感と羞恥心《しゅうちしん》、さらには困惑が相まって、動揺が隠せない。

どきどきと跳ねる心臓を抑え、とりあえず起こさないよう静かに立ち去ろうと踵《きびす》を返す。でも、その拍子に足元に積み上げられていた書物をいくつか引っ掛けてしまった。

(ううっ！　やっちゃった)

「……っ」

書物が落ちる音に身をすくめていると、後ろから気怠《けだる》げな声が聞こえる。

「ああ……。アンタ起きたの」

「す、すみません、起こしちゃって……」

恐る恐る振り返って、平身低頭して謝る。

陛下は一瞬バツの悪そうな顔をしてから、ゆるりとした動作で上体を起こした。

前髪をかき上げる癖も、少し首を伸ばすような仕草も、いつもと同じ動作なのに受ける印象が男くさい。それでも、相変わらず優雅さと色気だけは残っているから、この人は色んな意味ですごいなと思った。

「アタシが人前で寝るなんて。相手が人間じゃなくて狸《たぬき》だからかしら……」

軽い悪口が聞こえたのは、この際気にしないでおこう。

「で、どう。熱は下がったの？」

「熱？　ですか？」

意味がわからず首を傾げると、陛下は頭を抱えてしまった。しんっじらんない、とは何事ですか。

「あの高熱を一晩で下げるって……ほんと、野生動物並みの回復力ね。さすがに寝ながら鶏粥《とりがゆ》を食べるだけあるわ」

（ん？　鶏粥《とりがゆ》？　食べた記憶はないけど、なぜか味を知っているような……？）

ちょっと引っかかったけど、それよりも鶏粥《とりがゆ》という言葉を聞いて、ぐうう～とお腹が盛大に抗議を始めた。

「すみません。できたら何か食べさせていただけないですか？　それか部屋に戻って朝餉《あさげ》を食べてもいいでしょうか」

「……上に戻りなさい。用意させれば、なんかあるでしょ」

呆れ顔の陛下に、元いた寝室に戻される。やがて次々と絶品料理が運ばれてきた。

筍《たけのこ》と鴨肉の肉まんに、冬瓜《とうがん》と鹿肉の黒酢炒めと卵と豆腐のあんかけ風の羹《あつもの》。そして蟹肉《かににく》がたっぷり入った海鮮の包み揚げ。

「美味しいぃぃぃぃ！」

今後、この肉汁がじゅわっとあふれる感覚を思い出すだけで、辟易《へきえき》している菜食だって美味しく食べられる気がする。

こんな食事を毎日食べられるなら、すぐにでも後宮に入りたい。

「だったらもう少しマトモに後宮入りの講義を受けなさいよ。今のままだとお披露目の儀式を無事に終えられるのか不安だわ」

「うっ」

次々と空《から》になっていく皿を見つつ、呆れた顔で茶杯を傾ける陛下。でもその表情には、なんだか少しホッとしたような、いつもの冷たい呆れ顔とは違う柔らかさを感じる。

ちなみに陛下はさっきまで着ていた夜着の上に女性的なガウンを一枚羽織り、薄く化粧を施《ほどこ》している。それだけで端麗な男性が優艶な美女に様変わりした。

横で見ていたけど、私の男装とはレベルが違う、高度な変化だ。

「後宮に入ってからの礼儀作法はおいおい覚えるとしても、式典の作法は完璧に覚えなさいよ」

「う～……。お披露目の儀式まであと十日ですもんね、頑張ります」

そう言いながらたっぷり胡麻《ごま》がまぶしてあるお団子にぱくりと齧《かじ》りつく。胡麻《ごま》の香ばしさと黒餡《くろあん》の甘みがたまらない。

「あの……、そういえば、もしかして陛下が看病してくれたんですか？」

その問いかけの言葉に陛下は茶杯を傾けながら、人払いをしたことを認め、軽く首肯《しゅこう》する。

「アンタをここに呼んでいるとは公言できないんだから、仕方ないでしょ。ただ、明貴には伝えてあるわよ」

そう言って明貴さんからの手紙を渡される。

それによると、対外的には、私は講義を抜け出したことを猛省し、心を入れ替えて写経をおこなっていることになっているらしい。

「だから時間は気にしないでいいわよ。アタシが人払いしてここに泊まるのも珍しくないことだしね。景翠宮《けいすいきゅう》の正門の鐘を鳴らさない限り、誰も入ってこないわ」

「すみません」

でも、いくらバレないようにするためとはいえ、一介の異世界人を皇帝陛下が看病するなんて変わっている。過去のトリップ経験からしても破格の出来事だ。

そう思っていると、まるで私の心の内を読んだような陛下の独り言が聞こえた。

「アタシも昔、こうやって明貴に看病してもらったことがあったわね」

その言葉に振り向くと、陛下はぼんやりと飾り窓から見える湖面を眺めている。

「陛下が明貴さんに？」

「子供の頃の話よ。具合が悪いのを押し隠していたら、書房でついに倒れたわ」

遠い記憶なのだろう。穏やかな声に、ほんの少し懐かしそうな様子がある。

「侍医はそばにいなかったんですか？」

首を傾げた私に、陛下はくすりと笑って小さく横に手を払う。

「打ち捨てられた公主に侍医なんて付くわけないじゃない。そばにいたのは明貴だけよ」

「……打ち捨てられた、公主？」

その言葉にようやく陛下が視線を戻し、まじまじと私を見つめる。

「アンタまさか、何も聞かなかったの？　アタシのこと」

「何をです？」

「――驚いた。よほど肝が据わっているのか、大馬鹿者か。どっちなのアンタ」

「基本馬鹿だとは思いますけど……もしかして、陛下がなぜ子供を作らないのか、どうしてこうなったのか、過去を根掘り葉掘り聞けってことですか？」

そこまでデリカシーのない女じゃありませんよ、私。

眉間《みけん》にシワを寄せて返答すれば、驚愕と懐疑と困惑がまじった複雑な色合いの瞳で見返される。

「……まあ、アンタに繊細な情緒は求めてないけどね。でもなんで皇帝であるアタシがこんな風体なのか、普通は一番先に聞くもんじゃないの？」

「とても似合っているんで、不思議に思わなかったです」

そういう問題？　とでも言いたそうな陛下を改めて見つめる。

彼が女装好きの男性か、それとも心が女性なのかはわからないけど、そこはあまり重要じゃない。興味があるとかないとかともまた違って――

（ああそうか）

ふいに得心する。

「私がここに喚《よ》ばれた段階で起きていた事象は、ただありのままに受け入れてます」

なんてことなく伝えた言葉に陛下が絶句した。切れ長の双眸《そうぼう》を瞠《みは》って、二度三度と言葉を紡ごうとし、失敗する。

しばらくの沈黙の後、風に紛れるくらいの小さな独白を耳が拾った。

「変わった狸《たぬき》ね……」

（そうかな？　でも、そうなのかもしれない）

ほんの少し異世界に対してスレている私は、もう何に驚いていいのかよくわからないのだ。それに——

（陛下だって人のこと、言えないじゃない……）

彼も私に異世界のことを尋ねてこない。だから何も聞かないのはお互い様だ。

でも、さっきの話を聞いて、もしかして陛下が私に何も聞かないのは、彼の生い立ちが原因なのかもしれないなと思った。

きっと昔から根掘り葉掘り聞かれ、心ない言葉をたくさん浴びせられてきたのだろう。

『だから陛下は、私に色々聞かなかったんですか？』

そう言葉を紡ごうとして、ざらりとした直感に、思わず思考を急停止させる。

（あ、駄目だ。きっとこれ以上続けては、駄目）

あまり深入りするのはよくない。陛下が何を考えているかなんて、知らなくても大丈夫。

無意識にそう思って、思考を陛下の過去から引き剥《は》がす。

度重なる異世界経験が私に与えたのは、様々な『知識』と生き抜く『知恵』。そして何より心の守り方だ。

どの世界でも、人と積極的にぶつかってはこなかった。いつ別れるかわからない人々とは、楽しい時間だけを共有するのが一番だよ。

「……それにしても胡麻《ごま》団子って、ほんとに美味しいですよね〜」

話を変えるかのように、胡麻《ごま》団子がのった色鮮やかなお皿に手を伸ばす。

「やめられない、止まらない美味しさですよぉ、これは」

心の疲弊《ひへい》を防ぐために閉ざした頭に、胡麻《ごま》団子の甘さが優しい。

食べることは生きること――それは私の信条だ。

口いっぱいに広がる甘さを呑み込み、菊花茶《きくかちゃ》を手元に寄せる。

そんな私を、陛下はじっと見つめる。その視線にいたたまれなさを感じて、さらにもう一つの胡《ご》麻《ま》団子に手を伸ばした。

「……ほんと、アンタって底なしの食欲ね」

「あはは」

陛下が呆れ、私が呑気に笑う――いつもの空気が、やっと戻ってきた。

「いいわ、アタシが直々に昔話をしてあげる。先の皇帝である洪明王は、統治者としてはともかく、人としては最低の人間でね。『龍の加護』を持つ皇子《おうじ》を産ませるために、片っ端から女に手を付けたのよ」

「片っ端から……。父親を表す言葉としては、かなりインパクトがある表現ですね。ということは、後宮も今みたいに大所帯だったんですか？」

「比較にならないほどね。しかも入れ替わりが激しかったわ」

淡々とした物言いに、思わず咽《む》せ込む。

「今ですら百人以上いるのに⁉　それより多いって……」

あんぐりと口を開けてしまう。

「通常なら、後宮に上がった女性は一生をそこで過ごすんだけど、先帝は色好きっていうわけじゃなかったからね。だから彼は勅令を出したの」

条例一　後宮に入って三年子供ができない女は、問答無用で除籍するものとする。

条例二　女児を産んだ女は、三年は後宮に留めたのち、除籍するものとする。

条例三　『龍の加護』を持たない男児を産んだ女も、除籍するものとする。

指を一本ずつ立てながら説明してくれた陛下は、最後にぱっと手を開いて言う。

「こうすれば後宮は、常に『龍の加護』を持つ皇子《おうじ》を産む可能性のある女で満たされるでしょ。生まれた女児や『龍の加護』を持たない息子も皇籍から抜いて臣籍に下したことで、財政の逼迫《ひっぱく》もだいぶ緩和されたらしいわ」

「いや、まあ、確かにそうですけど……」

(なんか、もうそこまでいくと家畜とかの品種改良の世界じゃない？)

「ちなみに『龍の加護』を持つ男児を産むとどうなるんですか？」

「妃嬪《ひひん》の位を昇格。その后《きさき》の生家からは優先的に後宮に入宮する権利が与えられたわ——つまりは、白家、朱家、蒼家、金家の四家ね」

「え⁉　四夫人って、そうやって選ばれたんですか？」

「そうよ。見方を変えれば、アタシには『龍の加護』を持つ異母兄が四人いたのよ。全員成人できずに、早逝《そうせい》したけど」

皮肉っぽく笑って紫煙《しえん》をくゆらす陛下。まるで他人事みたいな口調に、なんだか少し胸が塞ぐ。

「先帝は、そうまでして『龍の加護』を持つ皇子《おうじ》が欲しかったんですねえ……」

「アタシはロクに会ったこともないけど、あの人――先帝は煮詰まっていたんでしょうね。武王として華々しく立てた武勲とは裏腹に、弱まった『龍の珠』から神託を受けることは不得手《ふえて》だったから。一人だけ生涯側に置いた寵姫《ちょうき》、張《チョウ》貴妃の息子ですら市井《しせい》に下したわ」

「『龍の加護』がなければ、絶対に皇子《おうじ》として認めない……ってことですね」

「そうね。領土を広げれば広げるだけ内乱の危険性は高まり、国民は神託の力を必要とするわ。歳とともに求心力が衰《おとろ》えていく状況を打開したくて、『龍の加護』を持つ血筋を生み出すことに拘泥《こうでい》したのよ」

「それは……、ずいぶんと歪んでる気がします」

どれだけ武勲を立てても、『龍の声』を切望する声にはかなわない。

いつしか先帝は酒に溺れ、暴君へと変じ、少しでも『龍の加護』を持つ子供を産めそうな女がいると聞けば、既婚者であろうが出家した女道士であろうがそばへ侍《はべ》らせたそうだ。

「その一人が母よ」

さらりと言われた言葉に、一瞬返答が遅れる。

「……つまり、後宮の妃嬪《ひひん》や女官じゃなかったってことですか？」

「そう。『龍の加護』の研究院にいた女性官吏よ。女だてらに太学《たいがく》まで進んだのに、運がなかったわね」

太学《たいがく》は国の最高学府であり、官吏の教育機関だ。超難関試験を通ったエリート中のエリートだけが進める場所だと聞いたことがある。

「大人しく後宮に三年いて、そのまま里下がりを狙えばよかったのに。アタシを産んだあとも後宮に入らず、内廷の書房を一つ賜《たまわ》って研究を続けた母は、よっぽど変わり者だったわ」

ぎしりと長椅子に背を預け、片頬を上げて笑う。それでも父親である先帝のことを話すときよりは、ずっと親しみを感じさせる声だと思った。

「今、お母様は……」

「アタシが子供の頃に亡くなったわ」

なんてことないように言いながら、煙管《キセル》をゆっくりと口に運ぶ。

「アタシが生まれたときは、産声もろくに上げられないほど小さな赤子だったらしいわ。しかも、すでに強固な後ろ盾のある皇子《おうじ》が四人もいた。だから母は、自分とアタシの命を守るために女児として育てたのよ。女児なんて見向きもされないから、アタシは打ち捨てられた公主ってわけ」

女児を皇子《おうじ》と偽るのは大罪。けれど逆を罰する法律はなかったのだと陛下は小さく笑う。

「周囲を謀《たばか》った罪はあったけれど、アタシが男で『龍の加護』があるとわかったときには、母はもう亡くなってた。結果的に彼女の名誉は守られたわ」

ふうっと吐き出された細い煙が、私を包む。

その瞬間、理由はわからないけど――なぜだかぎゅっと胸が締め付けられた。

陛下は遠くを見つめ、煙管《キセル》をくゆらしているだけなのに、その姿に胸がざわめく。

「……」

（なんだろう……。こんな感覚は覚えがない）

もやもやして、ざわざわして、切ないのか悲しいのか、辛いのかもわからない。ただ湧き上がった衝動に動揺して、ほんの少し目を伏せる。

「それじゃあ、今も陛下がその格好を続けているのは……？」

「ああ。だって似合うでしょ？」

くすっと笑う声は、小さな子供を諭《さと》すみたいで、その真意は窺《うかが》い知れない。

けど、私も素知らぬふりをして「陛下も意外と苦労人だったんですねぇ」と、いつもの声で呑気に笑う。

そして最後の胡麻《ごま》団子を、陛下のほうにお皿ごとずいっと押した。

「そんな陛下に、お裾分けです」

「仮にも皇帝であるアタシにお裾分けって、しかも最後の一個って、アンタの頭ン中ってどうなってるの？」

「残り物には福があるって言いますし、大丈夫！」

すごく美味しいから食べろと、田舎《いなか》のおばちゃんみたいにすすめる。――なぜか、どうしても食べてほしかった。

「相変わらず変わった狸《たぬき》ね」

くすりと笑った陛下が朝日に照らされる。

白魚《しらうお》のような長い指先が胡麻《ごま》団子を二つに裂き、その一つを私の唇に押し当てる。

「狸《たぬき》を後宮に入れなきゃいけないアタシの苦労もわかりなさい。一年間、アンタには共犯者になってもらわないと困るの。せめて倒れない程度に、もう少し自重《じちょう》なさい」

「……はい」

口に広がった甘さに困惑する。同じ胡麻《ごま》団子なのに、なんでこれだけこんなに甘いんだろう。

きっと厨房《ちゅうぼう》の人が砂糖の量を間違えたんだ。決して、優しい眼差しや唇をかすめた指先の感触のせいじゃない。——そう思った。


それから数日は、比較的大人しく講義を受けた。

抜け出す場合は、景翠宮《けいすいきゅう》に行って陛下と話をするか、兵士さんたちのいる詰め所で話を聞くくらいになった。

食べ物を探してあちこちフラフラしていた頃とは大違いだ。

「ついに姫様に私たちの気持ちが通じたのです」

そう言いながら龍神に祈りを捧げる女官さんたちを見ると、私の脱走が相当負担になっていたんだとちょっとだけ反省する。

しかも明貴さんにも、それについて言及された。

「香織殿の変わりようは嬉しいものですが、一体どんな心境の変化ですか？」

「心境の変化、ですか？」

「ええ。陛下も強情なところがおありですが、香織殿もなかなかに頑固者です。ですが、お二人が景翠宮《けいすいきゅう》で一夜をともに過ごされてから、ずいぶんと変化があったようにお見受けします」

「確かに、あの日がきっかけではありますね」

素直に頷くと、明貴さんの瞳に希望の光があふれ、「おおおっ」と喜びの声が漏れ出る。喜色満面とはこのことかって感じだ。けど、多分、明貴さんが期待していることとは違う。

「だって私、この世界に来て初めてお肉を食べられたんですよ？」

お肉の思い出に浸りながらそう言うと、「……いいんです。そんなことだと思ってました」と、明貴さんががっくりと肩を落とす。

けれども彼は私の本意をわかっていない。ただ美味しい食べ物を出してもらっただけで、意識が変わったんじゃないよ。

「……私、生きるのに必要なこと以外、何もしたくないんですよ。面倒だし、疲れるし、異世界だから理解できないことが多いし」

「香織殿？」

思わずこぼれた本音に、明貴さんが訝《いぶか》しむような顔をする。

私の仕事は、後宮に入って一年間無事過ごすこと。そしてその報酬は、その後の私の生活基盤を整えてもらうことだ。

無理矢理異世界に召喚されたことも加味すれば、一年間の労働に対して一生の面倒を見てもらうという対価は、決して不平等ではないと思う。だから、当初は最低限のことだけすればいい——そう思っていた。

でもあれ以来、午睡所《ごすいじょ》の景翠宮《けいすいきゅう》に行くと、いつも私用のお菓子が置いてある。

陛下がいるときは当然として、彼がいないときでも必ずお菓子が用意されているのだ。

お菓子があればそれでいいはずなのに、陛下の顔が見られないとなんだか無性に物足りない気持ちになって、また翌日訪れてしまう。その繰り返し。

窓辺に座り、煙管《キセル》をくゆらせる陛下の話は面白い。舌鋒《ぜっぽう》鋭く揶揄《やゆ》しながらも、基礎知識のない私でもわかるよう丁寧に話をしてくれる。

けど、それを言うなら、団長さんや副長さんたちだって同じだ。彼らもたくさん興味深い話をしてくれるのに……

一つ気がついてしまうと、次々気がついてしまって、憂鬱《ゆううつ》になる。

いくら人払いをしたとはいえ、陛下がいる宮殿から人が全員いなくなるなんて普通ない。私の看病も手慣れてた。国民から絶大な人気を誇るのに、あそこまで日常的に一人になることを好むって、どういうことだろう。

わかりにくいはずの日本の話も、異世界の話も、それどころか適当に話した雑談までからかいながらもきちんと覚えて言葉を返せる、ある種の天才。

そうやって、一つずつ陛下の人となりを知っていくごとに、ざわざわとした気持ちになる。

「本当に……、陛下のことなんて、考えたくないんですよ」

異世界生活十年。過去に出会った人たちにも優しくしてもらったり、よくしてもらったりした。でも、異世界で知り合った人たちとどんなに仲良くなっても、その場限りの関係と割り切るようにしてきた。だって、いつかは別れる人たちだから。

それを悲しいと思ったことはなくて、それも生きていくための重要なスキルだと、心底そう思ってやってきた。

なのに——それでいいはずなのに、あのとき感じたもやもやとした気持ちが、どうして少しずつ降り積もるんだろう。

「とはいえ、お世話になっているのは本当ですし……。私もこの世界で生きていく以上は、陛下の御代《みよ》が安定してるほうがありがたいですもんね……」

まるで言い訳のように、ブツブツと呟く。

「だからほんの少しだけ……、どうせ一年間仕事を受けるなら、いい結果が出るといいなと思っただけです」

どことなく気恥ずかしいような、自分の気持ちがわからなくて苛つくような、複雑な思いで憮然《ぶぜん》と締めくくる。

そこに明貴さんの静かな声が降ってきた。

「私は陛下のように龍神の声は聞こえませんが、それでも貴女のことは何度も占いました。殷煌陛下の御代《みよ》に、貴女は必要不可欠な人です」

陛下と香織殿が出会えてよかった。——慈《いつく》しむような、ささやくような声だった。

第三章

いよいよ明日はお披露目の儀式だ。前日の今日は早朝から叩き起こされて、自室から斎宮《さいぐう》へと移された。

ありがたい祝詞《のりと》を聞かされて、明日の手順を何度も確認して――と、様々な準備を強いられる。

「あああ！　もうつっかれた～」

夜、一人になってから寝台に勢いよくダイブした。

この寝台はちょっと面白い形をしている。壁を半円に大きくくり抜いて帳《とばり》を下ろし、その中にはめ込むように褥《しとね》が用意されているのだ。

連日の疲れもあってすぐに来るかと思った眠気は、薄暗闇《くらやみ》の中でも全然訪れる気配がない。どうやら多少なりとも緊張しているみたいだ。

「我ながら、ちょっと意外……」

度重なる異世界生活のおかげで、いつでもどこでも眠れるのが特技だったのに。自分にまだ繊細な部分が残っていたことにびっくりする。

運動でもして疲れたら眠くなるかもと思い、試しにストレッチを始めてみる。それがだんだん面白くなって、腹筋に移ったところで、ありえない声が聞こえた。

「アンタね。仮にも皇帝に嫁ぐ前夜に何考えてんのよ」

「陛下!?」

さすがにぎょっとして身体を起こす。だって陛下は別の場所で精進潔斎《しょうじんけっさい》してるはずなのに……

幻聴かと思いつつ勢いよく顔を上げると、庭に続く扉の前で片手で顔を覆《おお》い溜息をつく姿が見えた。

「ええと、こんばんは？」

とりあえず挨拶をする私に、胡乱《うろん》な眼差しが返される。

「夜通し天に祈りを捧げるとかっていうのは、アンタには無縁そうね」

「いや～動けば眠くなるかと思いまして……」

さすがにちょこっとバツが悪い。

「ところで陛下はどうしてここに？」

首を傾げてそう問えば、「アンタを見習って、サボリよサボリ」と、なんだか人のせいにした答えが返ってきた。

「ほら、そっち詰めなさいよ」

「ちょっ、なんで寝台に上がり込む必要があるんですかっ」

「ここでアンタと話しているのを誰かに見られたら、具合が悪いでしょ」

「あー……なるほど」

陛下が忍んできたのを見つかったところを想像してみる。それは確かにマズイことになりそうだ。

仕方なく帳《とばり》を下ろして二人で寝台の上に座り込む。明日への緊張と少しの興奮も相まって、なんだか寝台列車にいる気分だ。おにぎり欲しい。

「人に脱走するんじゃないとか言いつつ、結構陛下も抜け出していますよね」

「人聞き悪いわね。何のことよ」

そらっとぼけているけど、私は知っているぞ。

「私はお見かけしたことはないんですが、『時折、龍神へ祈りを捧げている陛下の御霊《みたま》が、内廷を彷徨《さまよ》うことがあるらしい』と聞きましたよ。これ、陛下本人でしょう？」

ジト目で見ると、陛下は片側の口角だけ上げて艶《あで》やかに笑う。

どうやら正解のようだ。

「……もう顔色は悪くないようね」

帳《とばり》越しの燭光《しょっこう》で私の顔を眺めていた陛下の言葉に、小首をかしげる。

「もしかして心配してきてくれたんですか？」

けれどもその言葉に柳眉《りゅうび》が寄り、ふいと顔を背けられた。

「ハッ、馬鹿じゃないの？　アンタ、そういうところがホントおめでたいわねぇ」

そう言われたが、でも前よりは心配されているんじゃないかなと思う。陛下はツンデレってやつかもしれない。

訳知り顔で頷いていた私に、陛下が少し改まった声をかける。

「それより、明日は藩国《はんこく》を含む諸外国が慶賀《けいが》の品を持ってくるわ。アンタも十分気をつけなさい」

「あ、覚えてます、その国。確か陛下が『最低条件として自分より優れた容姿を持つこと』って言って、縁談を袖にした国のひとつですよね」

「なんかずいぶんな覚え方だけど、そうよ。アンタよく知ってるわね」

「いや、さすがにインパクトがあって覚えてました。藩国って小国ながらも歴史があって、代々女王が統治する農業国らしいですね」

確か、団長さんたちの故郷である是州の奥地に位置していた気がする。勉強したことを必死に思い出していると、ちょっと嫌そうに顔をしかめられる。

「そうよ。ついでに言うなら、アンタを召喚できなければ、あの国の公主が後宮に入っていたわ」

「え!? そうなんですか!?」

「藩国は張《チョウ》姉妹という、双子の妹もあわせた二人が君主でね。とにかく多胎多産家系なのよ。確か件《くだん》の公主は女王の末妹姫で、七女だったかしら……」

ひどくゲンナリした声で、陛下が呟く。

「ま、まあ……そんな家系のお姫様が来たら、確かに子供はできそうですね」

「アタシは自分の後宮に、あんな変なのを入れる気はないわよ」

仮にも一国の王女様に対してすごい言いようだ。

「だって、アタシより太い腰回りをパーンと叩いて『わらわなら、陛下のお子を何人でも産んで差し上げます』って言う公主よ。あれに子供を産ませるなら、他に産ませるわよアタシ……」

あり得ないというように、手のひらを横に払う。それは確かに強烈かも。

「え……、けど、まだ他の女性に産ませたほうがマシって」

陛下って子供の作り方知ってるんですねえ、と口から出かけたイヤミを慌てて呑み込む。けど、声にしなかった言葉はきちんと陛下に届いてしまったらしい。じろりと睨まれる。

「アンタ……何気にすごい失礼なこと考えるわね」

「あはははは一。いや、絶対子供作るの嫌なんだと思ってました。だってそうじゃなかったら、私、召喚され損ですしー」

「そういやそうね」

「そこ認めちゃいます⁉」

「でも子供の作り方知ってるのと、作りたいかは別でしょ」

まあ、それはわかる。

「陛下が子供を作る気がないのは知っていますけど、その血を次に繋げていこうとは思わないんですか？」

神託が聞こえる力。統治者としては次に繋げたい能力だろうに、それに関してはどう思っているんだろう。

「確率の問題ね。昔は『龍の加護』を持つ皇子《おうじ》が、三人に一人くらいは生まれたらしいわ。けど宝珠の力が弱まった今、その数はもっと少ないわ。先代を例にするなら、百人近くの子供を作って、『龍の加護』を持つ皇子《おうじ》は五人という確率よ？　そんなの博打《ばくち》と同じじゃない」

それはかなりの大仕事だ。

「う～ん。私が五、六年くらい前にいた異世界にも、ハレムという後宮がありましたが、さすがに百人も子供はいなかった気がします」

ハレムの中を思い出しながら、覚えている子供の数を指折り数える。ひーふーみー、あ、それでも軽く二十人以上いたわ。王様すごい。艶福家《えんぷくか》。

そんなことを思い出しつつ、ふっと目線を上げると、陛下にしては珍しい、なんとも言えない奇妙な顔をしていた。

「アンタ、ハレムの中にいたの？　……ああ、下働きとしていたのね」

「いえ違いますよ？」

「……」

（え、何この沈黙）

陛下は無言のままクッションから身体を起こす。眉間《みけん》のシワも深い。そうして二度三度口を開いてから、ひどく懐疑的な声で問われた。

「……アンタまさか、他の男に囲われていたことがあるの？」

この質問をすること自体が不本意である、みたいな言い方はしないでいただきたい。でもそういうことかと得心がいく。

「したことありませんよ、結婚なんて。でも珍しい異世界人だから、とりあえずハレムに入れておこうって検討されたことはありました。美味しいご飯が食べられるならそれでもよかったんですけど、色々あってすぐにその話は流れました」

「ふぅん。——まあ、今でも乳臭《ちちくさ》いもんね。十二、三の歳なら当然か……」

「むっ、失礼な。そんなことないです。今と全然変わらないだけ——って、あ、そうか」

今更だけど、初歩的な勘違いに気がついて、ぱたぱたと手を横に振る。

「陛下は一つ勘違いしてます。私、確かに異世界で十年を過ごしましたが、その十年でほとんど歳をとってないんです」

「ハ？」

心底理解できないという顔で固まった陛下に、事情を説明する。異世界で何年過ごしても、元の世界に戻るたびに年齢がリセットされるのだと。

「アンタ、……不老不死なの？」

「まさか、違いますよ。怪我だって普通にしますし。ここにずっといられたら、多分いた分だけ外見も老いると思いますよ？　ただ、元の世界に帰ったら、外見が戻るだけで」

「ふうん。胡蝶《こちょう》の夢……ってわけか」

ああ、そうかもしれない。何が現実で、何が夢か、もう私にもよくわからない。

冗談めかしてそう言うと、陛下は珍しく慎重に私に問うた。

「アンタ、今までの異世界には召喚とかではなく、問答無用で連れてこられたって言っていたわよね。じゃあ、元の世界に帰るときは？」

「帰るときも唐突に帰されていました。何か条件でもあるのかなって考えましたけど、結局よくわからないです」

「そう……」

そのまま陛下は黙り込んでしまった。

急に空気が重くなったような気がして、私は言い訳じみた言葉を続ける。

「でも今回は召喚されてきたので、『帰還の儀式』をしてもらえないと帰れない可能性もあります」

むしろその可能性のほうが濃厚だ。そう伝えると、陛下がふと意地悪そうに口角を上げる。

「あっそ。そういやアンタ、『初恋もしないまま、五回も違う異世界に飛ばされて』って叫んでたわよね」

「はぃぃ!?」

（なぜ覚えてるの、そんなこと！）

「まさか、仮にも結婚適齢期の姿で十年過ごして、色恋沙汰は皆無だったってこと？」

「陛下、馬鹿にしてます？」

「まさか。ただの純然たる興味で、確認よ。……って、待ってよ。歳をとってないってことは、その実、アタシと同世代ってわけ？」

「陛下っておいくつなんですか？」

「二十九よ」

確かに同世代。私は内面年齢的には二十八歳、アラサー女だ。小さく頷く。

「あっきれた」

「仕方ないじゃないですかぁ」

「色気皆無、粗忽狸娘《そこつたぬき》、筋金入りね」

「いやいやいや！　私にだって大人の色気というものくらい備わってます！　いざとなれば陛下の色気にだって負けませんよ⁉」

帳《とばり》の向こうに聞こえないくらいの小声で抗議するけど、陛下はハイハイと適当にあしらい、再びクッションの山に寝そべった。

「大体、陛下だって十年以上も後宮の美姫に見向きもしなかったくせに。そんな様子じゃ、キスもしたことないんじゃないですか？」

陛下が戯《たわむ》れでもそんなことをすれば、相手の女性は一気に最高位にまで伸し上がりそうなものだ。でもそんな艶話《つやばなし》は聞いたことない。ジト目で熱弁をふるうと、陛下が目を細めハンと笑った。

「キス、ねぇ？　本気で一切の経験がないと思っているの？　アンタ」

なんだかすごく馬鹿にしたような、意地悪な言い方だ。不服に思う私の前で、陛下が一度目を伏せる。

そして再びその双眸《そうぼう》に見つめられたとき、なぜかビクッと身体が固まった。

私に向かって伸ばされた大きな手が首筋を滑り、うなじを引き寄せられる。軽い力のはずなのに逆らえなくて、そのまま陛下にのしかかる体勢になってしまった。

慌てて身体を引き剥《は》がそうとしても、私の身体はびくとも動かない。

「ちょっ……、え、あのっ……⁉」

「そういうことがわからないって時点で、アンタはお子様なのよ。ハレムに入るって意味すら理解

していない」

「ちっ、違いますし！」

「なら――見せてみろよ。大人の色気とやらをな」

ぐっと低くなった男の声。途端にぞくっと甘い痺《しび》れが身体を駆け抜けた。

「へっ、陛下……っ!?」

（ちょっ、ちょっと待って！　待ってってば！）

「軽くがいい？　それとも、深い接吻《せっぷん》のほうが好みか？」

低い声が脳に揺さぶりをかけてくる。真っ赤になった私を見つめ、陛下はくすりと笑った。

「意外と、女の顔をするんだな」

「へ、いか……」

混乱する私とは対照的に、艶然と笑う陛下には余裕がある。

（つまり、陛下はこうやって誰かと肌を合わせたことがあるんだ……）

その事実に気づくや否や、説明しがたい感情に襲われた。胸の奥に穴をあけられたような痛みに襲われる。

「っ……！」

切なさに心が悲鳴を上げる。

そして、伏せられた目元と長いまつげが作り出す影を見た瞬間――氷水を頭からかけられたように、ひどく冷静になった。

ブレーカーが落ちたみたいな感覚で、一気に全ての感情が削ぎ落とされていく。

(ああ……、この感覚、まただ)

思考はクリアなのに、感情に青い靄《もや》がかかる。そしてそれと同時に、気持ちがスッと楽になった。

いつからかは知らない。でも異世界では時折こういう感覚に襲われる。喜びも悲しみも、苦しみでさえ、静かに青い靄《もや》に包まれ、凍りついていく。

その変化に、間近にいた陛下が気がつかないわけがない。彼から訝《いぶか》しげな声がかかった。

「アンタ、一体……」

「陛下、冗談はさておき、この姿勢苦しいです。眼鏡も歪みそう。手を離してください」

「……」

妙に冷静な私と無表情な陛下が、静かに見つめ合った。

「……そうね。まあ、質《たち》の悪い冗談だわ」

陛下の手が離され、私は身体を起こす。それと同時に、二人の間の重い空気も霧散した。

「あーあ、もー。髪がボサボサになっちゃったじゃないですか」

「そんなのアタシが来たときからよ。腹筋してたのアンタでしょ」

(それもそうか)

そう思って手ぐしで髪を整えようとしたら、ふいに視界がぶれた。

「ああ。やっぱり。さっき気がついたけど、これ伊達《だて》眼鏡じゃないの。下男の格好をしているときも眼鏡を外してうろついているし、この眼鏡に何の意味が——って、香織?」

自分の血が沸騰する音が、耳の縁まで毛細血管が開く音が、するかと思った。

私にとって、眼鏡は重要な意味がある。

「眼鏡……、返してください」

耐えきれずに両手で真っ赤であろう顔を覆《おお》ったまま要望を伝える。小さな、蚊の鳴くような声だった。

息を呑む音とともに、眼鏡が戻される。眼鏡をかけ直し、それでもまだ片手で顔を覆《おお》ったまま、冷静さを取り戻そうと深呼吸をする。すると、呆れたように陛下に問われた。

「アンタ、今まで平気で眼鏡外してたじゃない。なんなの、一体」

「う～。男の子の格好をしてるときは平気なんですけどね。普通のときに眼鏡がないのは落ち着かないんです」

火照《ほて》った頬に何度も手を当てる。まだ心臓がバクバクいっている。

「珍しいわね。すっぴんボサボサ頭は平気なのに、眼鏡だけは駄目って」

ばたばたと片手で顔を扇ぐが、それでも落ち着かない。そのとき帳越《とばり》しに、ナイトテーブルの上に陛下からもらった巾着《きんちゃく》が置いてあることに気づいた。

（あれ。私これ部屋に隠しておいたはず……？　いや、違う、念のために持ってきたんだっけ？）

誰かが持ってきてくれたのかもと、五爪《ごそう》の龍が織られている小さな巾着《きんちゃく》に手を伸ばす。飴でも食べれば落ち着けるだろう。

けれど動揺していたせいで、中の飴が零れて部屋の隅に転がってしまった。いくつかは陛下が入ってきたまま開いていた飾り扉から飛び出し、外の池に落ちる。

「ああっ……」

「ちょっと落ち着きなさいよ、アンタ」

「わかってますってばぁ！」

慌てて褥《しとね》から下り、飴を拾いに行く。ふと庭園に目をやり、そこに見えた景色に——私は目を瞠《みは》った。

「陛下……！」

「何よ？　何見てんの？」

立ち上がった陛下が、隣に立つ。私の視線を追って見つめた先は、飴が落ちた庭園の池。

黒い湖面に、白い三日月のようなものが次々に浮かび上がってくる。——それは死魚の腹だった。

「毒……？」

そう呟いた途端、雲に隠れていた満月が顔を出し、水面を不気味に照らした。


（おもい。重い。おっ、もーーい!!）

花嫁衣装の長い裳裾《もすそ》をさばきながら、控え部屋で盛大な溜息をつく。

昨晩の事件の後、すぐに毒飴の調査が始まった。

けれど、こんな短時間で答えが出るわけもなく、ひとまず徹底して私たちの身の回りのものを点検することで今日を乗り切ることにしたらしい。ちなみに部屋に陛下がいることに、皆が度肝を抜かれた顔をしていた。

まあ、それはさておき、諸外国に知られないよう箝口令《かんこうれい》を敷きながら、鬼の形相で微笑む明貴さんは怖かった。

そうして点検と儀式のために叩き起こされたのは、まだ未明といっていい時間。おかげでほぼ徹夜状態だ。

（ねむい……）

紅いベールの下で、くわわーっと盛大に大あくびをする。

チャペルでウエディングドレス＆白いベールは清楚なイメージだけど、こっちは花嫁衣装は赤色。ベールの代わりも、紅蓋頭《こうがいとう》といわれる赤い布をかけるのが正式な作法。

つまりは、もう目に入るものがみんな赤、朱、紅。

外から私の表情が見えないのはありがたいけど、これ一日つけてたら頭がおかしくなりそうだ。

早朝から始まった儀式は現実感がないまま、粛々《しゅくしゅく》と進められていった。

そして現在、正午近く。花嫁側の儀式は一段落ついて、今は陛下の儀式待ち。今頃、斎戒沐浴《さいかいもくよく》を終えた陛下は、歴代皇帝を祀《まつ》ってある宗廟《そうびょう》にお参りしているはずだ。

「あとどのくらいで終わるのかなー……」

紅蓋頭《こうがいとう》の中で外した眼鏡を拭きながら呟くと、ずらりと並んだ宦官《かんがん》に叱られる。

「何を申されます！　まだ始まってもおりませぬぞ。むしろ陛下が本宮に移動されてからこそが、本番！」

「本宮の正面広場で姫様が奉納なさいます『龍神に捧げる舞』と『陛下に捧げる詩《うた》』をご覧になるため、各国より慶賀《けいが》の使者もいらしております」

「粗相のないよう、儀式にお臨みくださいっ！」

「……はーい」

（愚痴《ぐち》くらい言ってもいいじゃない？）

そう思っても、周囲のピリピリした雰囲気に何も言えない。警備の兵士も増えており、なんだかものものしい。

（ぶっちゃけ早く終わんないかな……）

眼鏡を掛け直して部屋を見回す。

今周囲にいるのは宦官《かんがん》たちと、式典を司《つかさど》る礼部の文官たち。衝立《ついたて》で隔てられているとはいえ、花嫁の周りは女性でかためるものだと思い込んでいた私には軽くカルチャーショックだ。

しかも、陛下が関わる式典での粗相は許さないとばかりに、あのネズミ男までもが出たり入ったりしていて鬱陶《うっとう》しい。

（さすがにこんな状況で、大きな問題なんて起きないよね）

――けれど思惑は見事に外れ、思いもよらぬ角度から事件は起こった。

「香織さま！」

淑女の見本のような桂花が、裾を乱して控え部屋に入ってくる。その顔色は青いのを通り越して白い。

「どうしたの？」

これはただごとじゃない。そう考えた私は、衣装の重さも忘れて立ち上がる。

「やられました！　舞と詩《うた》の担当を狙われました」

そっと耳打ちを受け、思わずうめいてしまう。

「どういうこと？」

「飲み物に毒が仕込まれていたようです」

「うそ……」

昨日の今日で、また毒だなんて。

「舞手、詠《うた》い手の全員が嘔吐《おうと》症状を訴えております。幸い命に別状はありませんが、脱水症状を起こしている者もおります」

「すぐに明貴さんに——」

「お伝えしました。手紙を預かっております」

『香織殿、状況は伺いました。詩《うた》の場はなんとかいたしますので、どうか舞の場をもたせてください』

詩《うた》は明貴さんが対応してくれると知り、安堵する。けれど、舞手についてはこちらで対策を考えねばならない。

顔を上げると同じ情報が耳に入ったのか、男たちの動きも忙《せわ》しない。どんどん部屋から人が減り、ほぼ無人に近い状態になる。

「他に問題は？」

「この件を受けまして、花嫁行列の官女たちから辞退の申し入れがありました」

「ああ。それはどうでもいいや」

私に生家はないから、適当に花嫁行列をつけてもらったんだけど、いなくなったところで大勢《たいせい》に影響はない。

「仮に、このまま儀式に穴をあけたら、どうなるの？」

「通常の妃嬪《ひひん》でしたら、龍神と皇帝への侮辱《ぶじょく》とみなされ、後ろ盾の実家が失脚いたします。婚姻自体もなくなるかと。しかし今回は、殷煌陛下のお声がかかった上でのお輿入《こしい》れです。各国から慶賀《けいが》の使者も多くいらしておりますので……場合によっては、関係者一同、死罪に近い大罪です」

掠れた声で説明する桂花の額に汗が浮かぶ。その様子を見て、私個人が大恥をかいて終わる話ではなく、桂花を始めとする周囲にも累《るい》が及ぶのだと知れた。

「つまり、儀式をきちんと終わらせないといけない。そういうことだよね……」

思案する私の横で、桂花が微かに頷く。

「衣装はある。なら、他に代役を務められそうな子たちはいないのかな」

これだけ才がある女性が集まっているんだから、舞の場をごまかすことぐらいできるのでは？

そう問えば、否と答えが返る。

「姫さま。失すれば実家に累《るい》が及ぶかもしれないのに、この大舞台で一度も合わせたことのない舞を奉納できる娘はおりません」

「でも、みんな陛下に披露できるくらいには、歌舞音曲《かぶおんぎょく》に長《た》けているんでしょう？　なら、ぶっつけ本番でも――」

「無理矢理出したとしても、恐怖で身体が動きません。無理です、娘たちには荷が重すぎるのです！」

泣きそうな顔の桂花を見て、覚悟を決める。

「そっか、わかった。なら、内廷西地区の兵士長を呼んで」

「は……？　え？」

「もしかしたら時間を稼げるかもしれない！　早く!!」


ほどなくして、彼《か》の人は現れた。

「禁軍将軍を務めます崔英峰《サイエイホウ》。お呼びと伺い参上いたしました」

団長さんと副長さんの上司に当たる人だろう。明貴さんの名を使い無理矢理呼び出した崔将軍は、礼装用の鎧兜《よろいかぶと》を身に着けていても動きに一切の無駄がない、堂々たる偉丈夫《いじょうふ》だ。兜《かぶと》越しでもわかる炯々《けいけい》とした瞳を見つめ、私は静かに膝をつく。

「お呼び立てして申し訳ありません、崔将軍。お初にお目にかかります。異世界より参じました田中香織と申します」

「これから婚儀をあげられる方が、一体何用か」

「無礼は重々承知なれど、崔将軍にお願いがあります。どうか陛下のため、内廷西地区の兵士たちをお貸しくださいませ」

私は花嫁衣装が乱れるのも気にせず、深々と頭《こうべ》を垂れる。

女官たちに舞の技量があっても、怯えて舞えないという。なら、誰なら動じず最後までできる？

そう考えたときに浮かんだのは、呵々《かか》と笑う団長さんの顔。この現状を打開できるのは彼しかいない。そう確信したのだ。

「仔細《しさい》は李桂花殿から伺いもうした。しかし禁軍の将が、軍の規律を犯して一介の女性の指示を聞くとお思いか？　しかも我らに舞姫の代わりをせよと言われるとは」

太く低い声が、頭を下げたままの私の耳に届く。

相手から見れば、私は異世界から来ただけの小娘。断られるのは当然だ。

「そのような戯言《ざれごと》は、本来なら御生家に頼むもの。まだ妃嬪《ひひん》にすらなられていないのに、ひどく思い上がっておられるようだ」

「いいえ！　軍部の方を軽視しているつもりはありません。しかしときは一刻を争います。どうか殷煌陛下の御代《みよ》のため、お力をお貸しください！」

慌てて言い募《つの》る。けど――

「陛下の御名をみだりに出されるな。不快である」

「っ……！」

将軍は声を荒らげたわけじゃない。なのに、猛獣に首筋を押さえられたような強い恐怖心に囚われる。

（なんて重い威圧感なんだろう……これが将軍の責を果たす人か）

それでももう時間がない。必死に言葉を重ね、説得を試《こころ》みる。

「舞姫の代役を務めることは業腹《ごうはら》だとは思いますが、重ねてお願い申し上げます。婚姻の儀式に物言いがつけば、諸外国につけ入る隙を与えることになるのです。それは陛下の本意ではありません！」

額《ぬか》ずいた私に、しばしの沈黙が向けられる。

必死で頼み込む一方で、どこか冷めた私が、自分の行動に呆れている。

『あのさぁ。どうせココからいなくなるのに、何やってるの？』

この世界で与えられた仕事は、十分こなしている。舞姫たちに毒を盛られたのは私のせいじゃないし、昨日の毒飴だって一歩間違えれば私が死んでいた。これで入宮に失敗したとしても、明貴さんだって仕方ないと思ってくれるはず。いくら死罪に近い大罪とはいえ、この状況で私が処刑されることはないだろう。

（なのに、私は……、なんでこんなに必死になっているんだろう）

『地球に戻されるにしろ、この世界に残れるにしろ、別に宮城《きゅうじょう》で生活するわけじゃないよね？　だったらもう余計なことはせずに、あとは周囲に任せようよ』

視界が、思考が、ぼうっとぼやけてくる。

『そうだよ。面倒だし、疲れるし。生きるのに必要なこと以外、何もしたくない。いつだってそうやって生きてきたでしょ。何やってんの』

十年で身についてしまったどこか薄ら暗い感情を、青い靄《もや》がゆっくりと覆《おお》っていく。

(そう。どうせこの場限りの人間関係。あとには何も、残らない……)

けれどもそんな思いを打ち消すように、遠くから陛下の動きを知らせる銅鑼《どら》の音が聞こえた。それと同時に、まるで風船が割れるかのように、胸中の靄《もや》が一気に晴れる。

そして、考えるより先に声が出ていた。

「どうかお願い申し上げます。この大舞台をおさめられるのは、彼らしかいないのです!」

(わからない。考えたくない。——でも、あそこまで色々なものを抱え込んでいる陛下を、さらに追い詰めなくたっていいじゃない⁉)

言葉に強い意志を乗せ、深く叩頭《こうとう》した私に、静かな声が降った。

「もし貴女様が本当に陛下のためだと言い張るなら、今すぐ紅蓋頭《こうがいとう》を上げ、私に誓うことができるか」

確かめるような将軍の言葉に、桂花が息を呑む。

「花嫁の紅蓋頭《こうがいとう》を上げることができますのは、新郎である皇帝陛下のみにございますっ! いくら崔将軍といえど侮辱《ぶじょく》の極み——姫さまっ⁉」

桂花の抗議の途中で、私は紅蓋頭《こうがいとう》を迷うことなくたくし上げ、再び深々と叩頭《こうとう》する。

「後宮入りに興味はありません。国家安寧のため、どうぞ一刻だけ将軍配下の方々をお貸しください」

銅鑼《どら》の音が三回鳴ったら、陛下が本宮へと移動したという意味になる。もうすでに一度目の銅鑼《どら》が鳴らされてしまった。花嫁行列が出る時間が迫ってきている。

焦りから、汗がぽたりと床に落ちた。

「一介の女性のために配下は貸せぬ」

「……っ」

「――しかし、坊主のためなら話は別だ」

くぐもっていた声が、どこか聞き慣れた声に変わった……？

「俺が出よう」

恐る恐る顔を上げると、兜《かぶと》を脱いだ将軍――いや、団長さんが朗《ほが》らかに笑っていた。

（え……、団長さんが、将軍だったの⁉）

唖然《あぜん》としている私をよそに、団長さんの動きは早かった。西地区の兵士さんたちを斎宮前に集め、事情を説明する。兵士さんたちが花嫁衣装の私を見て、あっと声を上げる。

「まさかと思ったけど、坊主が『龍神の娘』だったのかよ！」

「俺たちが舞姫の代打なんですか⁉　しかも自分たちの競演用の演舞を使う？　団長、そりゃないっすよ！」

驚きと非難、無謀だと言う声をひとしきり聞いた後、団長さんが口を開いた。

「そもそも宮城《きゅうじょう》内に毒物が持ち込まれ舞姫たちに使用されたとなれば、その責任は我らにもある。にもかかわらず、『龍神の娘』は陛下のために、この状況下でなんとかしようと足掻《あが》いてくださっている」

「それは……」

「オイ、てめえら！　坊主がこの大舞台に陛下のために立ち向かうって言ってんだ！　その心意気、汲もうじゃねェか。ともに戦おうじゃねェか！」

「「「おおッ！」」」

団長さんに応《こた》える男たちの力強い声。同時に、二つ目の銅鑼《どら》の音が高らかに響き渡った。


そうして彼らは、たった一度の打ち合わせで一切の覚悟を決めてくれた。

限られた時間で彼らの衣装を用意することなんてできなかったから、斎宮と渡り廊下に飾ってあった飛龍のタペストリーを片っ端から引っ剥《ぺ》がしていく。

細長いタペストリーは刺繍《ししゅう》でも染めでもなく、剛健かつ華やかな緞子《どんす》織《お》りで作られている。肩にタスキのようにかけるだけで、華やかな衣装に早変わりだ。

そして剣はご法度《はっと》だから、槍の刃先を取った柄《つか》の先端部分に、飾り紐や舞姫たちの絢爛豪華《けんらんごうか》な衣装から作った布を付け、旗みたいにした。

それらを手伝ってくれたのは、まだ嘔吐《おうと》症状に悩む舞姫たちだった。

『悔しいです。私たち、悔しいのです……ッ』

皇帝付きの舞姫である彼女たちは、年を取りお役御免になるまで、宮城《きゅうじょう》から出ることも嫁に行くことも許されない立場だ。

皇帝の正式な妃妾《ひしょう》ではないけれど、気まぐれに皇帝のお手がつきやすい立ち位置ゆえに、他の男たちからは引き離されている——後宮の妃嬪《ひひん》以上の徒花《あだばな》である。

『けれど唯一の例外が、皇帝陛下の御婚儀なんです！』

『高宮に見初《みそ》められた舞姫や詠姫《うたひめ》は、特賜《とくし》としてその任を解かれ、嫁入りすることができるんです』

舞姫や詠姫として宮城に上がるのは名誉なことだけど、何年も実りのない生活を続けていれば虚しくもなる。

だからこそ、今回の晴れ舞台に出られない悔しさはひとしおだ。そんな彼女たちが、必死に吐き気を堪《こら》えながら、一気に仕上げてくれた。

けれどもこの期に及んで、また邪魔をする者がいる。宮廷儀式を司《つかさど》る礼部の長、金礼部尚書——

つまりはネズミ男だ。

「あああああ！　何をしているのです⁉　この一大事に火事場泥棒とは、さすが異界から来たお方は頭の中まで奇特でいらっしゃる！」

甲高い声で、けれどもどこか嬉しそうに文句を言う。

「しかも婚儀の前に男たちの前に現れるなど、陛下の妃嬪《ひひん》になる素質があるとは思えませんなっ！貞節に問題ありと言えましょう！」

「あーも～、うっさいなぁ！」

「うるさいですと⁉」

「あのね、仮に婚儀が失敗に終わったら、誰の首が飛ぶと思ってるんです？　礼部の長である貴方

「それを私がなんとかしようとしてるんです。感謝されこそすれ、文句を言われる筋合いはないですよ」

「なっ！」

でしょ⁉」

ぱくぱくと口を開け閉めするばかりのネズミ男をよそに、タイムリミットを知らせる三度目の銅《ど》鑼《ら》の音が、ゆっくりと響いた。

婚儀を挙げる後宮の本宮。その正面広場に大太鼓の音が木霊《こだま》する。

本来ならこの広場には、生家から連れてきた女たちがずらりと並び、その中央を花嫁行列が時間をかけて練り歩く。

最初は華やかに飾られた華車《かしゃ》で、そして最後は輿《こし》から降りて徒歩《かち》で。

花嫁はゆっくりと広場に作られた祭壇に向かい、そこで舞と詩《うた》を捧げる。——私もそれに倣《なら》う手筈だった。

けれども今、広場にいるのは鎧の片肩に龍の飾り布がかけられている男たちだ。彼らは祭壇を中央に同心円状に並び、片膝をついて頭《こうべ》を垂れている。

私は視線が刺さるのを強く感じながら、桂花だけを引き連れて大舞台に出た。

一歩進むたびに鳴らされる鈴の音。それだけが響く中、円の正面で歩みを止める。

直後——

「ハッ！」

三十人余りの男たちが同時に声を上げ、華麗な演舞が始まった。

一歩間違えれば死が待つ大河、遠水《えんすい》。その第一線で常に人命を守ってきた兵士たちの手刀が空を切る。命の危険という意味では今回もあまり変わらない。もしこの大舞台で失敗したら、彼らだって無事では済まないのだ。

『それでも、やるしかないだろ。他ならぬ「龍神の娘」が俺たちにしかできねぇって言うんだからなァ』

そうして巻き込んでしまった彼らが、内廷の広場に大きく舞う。

（明貴さん。私ができる時間稼ぎはこれが精一杯ですっ）

演舞の合間をぬうように、祭壇まで亀の歩みで進む。花魁《おいらん》道中もかくやという速度で進んだけれど、もう時間稼ぎも限界だ。助けを求めるように明貴さんを捜すも、その姿は見つからない。

（詩《うた》、どうすればいいの……）

このあと、本来なら祭壇で漢詩を奉納し、それを詠《うた》い手が吟《ぎん》じて陛下を称える。詠《うた》い手がいない以上、私がやるしかないのだろうが、詩《うた》を吟《ぎん》じるなんてできない。

（……お願い。早く、早く来て！）

けれども救いの手が現れることはなく、ついに祭壇の足元にまで着いてしまった。

祭壇の文房四宝《ぶんぼうしほう》――硯《すずり》、墨、紙、筆を手に取り、真珠を紡いだ紙にゆっくりと筆先を滑らせる。

事前に桂花と決めた『陛下を称える詩《うた》』が書き上がる。

「――……っ」

紅蓋頭《こうがいとう》の下でぎゅっと目を瞑《つぶ》り、押し殺した息を吐く。するとまるで計ったかのように、男たちの大旗が大きく三度翻《ひるがえ》り、演舞の終わりを示した。

（舞が、終わった）

終わってしまった。

水を打ったような重苦しい静寂が広場に広がる。

耳元で鳴る心臓の音がうるさい。さすがに気丈に振る舞うのも限界で、ふらりと傾いた私の背を、桂花の手がぐっと支えてくれた。

（ごめん桂花。巻き込んでごめんなさい、団長さんたち……）

無謀な計画は失敗だ。固く瞑《つぶ》った目にじわりと涙が浮かぶ。けれど、膝から崩れ落ちそうな私の背を、まるで褒め称えるように桂花が小さく叩いた。

「え……」

そっと目を開けると、陛下が待つ本宮から、明貴さんたちがこちらに向かってくるのが見える。

「『龍神の娘』であらせられる田中香織殿に申し上げます。此度《こたび》の皇帝陛下への祝詩は、『龍の珠』が安置されております本宮にて、直接陛下に献上いただきたく存じます。これは陛下より『龍神の娘』への特賜《とくし》でございます。お乗りくださいませ」

そう言われ用意された輿《こし》に乗り、ゆらりゆらりと宮殿に近づいていく。

限界まで張った緊張の糸が切れたのか、そこからはうまく思考がまとまらず、ぼんやりとしたまま本宮に降り立った。文武百官《ぶんぶひゃっかん》、大勢の使者たちが私の一挙一動を見ているのも気にならない。

上衣下裳《じょういかしょう》と呼ばれる、伝統的な黒と赤の皇帝服をまとった陛下に、引き寄せられるように相対した。

「大儀である」

女性的な意匠が入っていない装束に、冕冠《べんかん》と呼ばれる玉飾りのついた冠。

（まるで知らない人と話すみたい……）

こうして落ち着いた口調の陛下と向かい合うと、存外声が低いのだなと小さな発見があった。

（この声、結構好きかも……）

関係ないことがいくつも泡のように浮かぶ。

（ああ、今度は『陛下を称える詩《うた》』を詠《よ》まなきゃ）

「『龍の加護』ある龍帝殷煌陛下の御代《みよ》を、幾久しくお祈り申し上げます。また――」

詩《うた》を上手に吟じることなんてできないけど、先ほどとは違って陛下にさえ聞こえていればいいから、気は楽だ。

そう思ってゆっくりと顔を上げると、陛下のすぐ横に恭《うやうや》しく差し出された宝珠が目に入った。

ただの水晶玉に見えた宝珠は、彼が手にしたときだけ煙のような靄《もや》がかかり、時折きらりと石の中で光が弾ける。

（すごい……。綺麗だ）

何かに引き寄せられるように、そっと手を伸ばす。

触るか触らないかのところで指先に走った小さな衝撃と、一瞬の空白。

直後、脳内に色鮮やかな情景が流れ込む。そして、知らず言《こと》の葉《は》を紡いだ。

「遠水《えんすい》　天連《てんつら》なりて龍の如し
青帝《せいてい》　民の嘆き聞きたりて　東君《とうくん》　心痛ましむ
一枝の花　碧《へき》に舞い
その身で五界を渡り　地に満つる」

一気にざわめく周囲の声も、私の意識も、遠くへと消えていく。

崩れ落ち、意識を失う直前――『龍の珠』の色が、鮮やかになったのを見た。


ゆるりゆるりと意識は戻る。

「本当に大丈夫なんでしょうね」

「はっ！　ご安心ください。陛下が『龍神の娘』をお守りくださったので、昏倒された際にも頭は打っておりません。脈も正常でございます。もう間もなく目を覚まされるかと思います」

「その言葉を何度アタシに聞かせる気⁉　この娘が倒れてから、もう三時間も経ってるのよ」

「ど、どうかお鎮まりくださいませ、殷煌様っ」

（うるさいなあ……）

「大体この狸《たぬき》娘も寝すぎじゃないの⁉　一体どれだけ寝れば起きるのよ」

「これだけ華奢《きゃしゃ》な姫君でございます。もし意識が戻られても、今宵は龍床《りゅうしょう》に侍《はべ》ることは難しく思われます。どうぞご寛恕《かんじょ》いただき――……」

「アンタ、アタシが昏倒した女を床《とこ》に侍《はべ》らせるような鬼畜だと言いたいわけ？」

「め、滅相もございません！　殷煌様、どうかお鎮まりくださいませ」

「そーだ、そーだ～。寝られないぞー……」

「――ああ？」

やたら低くてドスの利いた声が聞こえた気がする。

けれども、私は静かになったことに満足して、もぞもぞと布団を頭の上までかぶせる。そうして再び眠りにつこうとしたら、布団をガバリと取り上げられた。

「ふぁ？　んん……？　ちょっと、まだ眠い――……」

「誰が眠いですってぇ？」

機嫌の悪そうな声とともに、首の近くに衝撃が走る。

それで、ようやく意識が浮上してきたので、仲良くしていた瞼《まぶた》を無理矢理引き剥《は》がす――と白皙《はくせき》の美人が目の前にいた。

「あ、陛下。おはようございますぅ……」

へらりと笑いかけてから、左右を見回す。眼鏡が置いてあるのを見つけ、即装着。

改めて周囲を見ると、部屋にいるのは大勢の医師や宦官《かんがん》、泣きはらした顔の桂花と安堵の表情の明貴さん。そして、目の前には壁ドンならぬ寝台ドン状態の陛下。

（えーと、なんでこんな状況になってるんだっけ？）

「散々人に心配かけといて、惰眠を貪《むさぼ》るとはいい根性してるじゃない、アンタ」

アアン？　とか言いそうな感じで、目を眇《すが》められる。

現状を把握した途端、一気に記憶が押し寄せてきて慌てて起き上がった。

「え？　あれ？　式典は？　もう終わったんですか？　私、『陛下を称える詩《うた》』をまだ詠《よ》み上げていないのに……っ」

「……アンタ、覚えてないの？」

「え？」

呆然と二人で見つめ合う。覚えてない、とは？

（私、『陛下を称える詩《うた》』まで詠《よ》んでから倒れたっけ？　確かに何か口走った気もする――）

困惑しきりな私を、陛下がじっと見つめた。

「アンタが倒れてからもう三時間は経ったのよ。間もなく宴《うたげ》が始まるけど、アンタはこのままここにいて」

「少し身支度すれば大丈夫です。出られますよ」

「アタシが許すって言ってるんだからいいのよ。それに、アンタが今出てきたら、収拾つかなくなるわ」

寝台から下りて身支度しようとした私を制して、陛下は不機嫌そうに吐き捨てる。

「この世界に来たときとあわせて、二度目の奇跡……か」

それは凍りつくほど冷たい声だった。

そのまま陛下はこちらを一切見ないで立ち上がり、各処に指示を飛ばし始める。

「明貴はここに残って診察を見守って。他は退室。警吏《けいり》は廊下警護を固めなさい。あと狸娘《たぬき》！　あとで必ず話を聞かせること」

漆黒の皇帝服を翻《ひるがえ》し、陛下が部屋を出ていこうとする。それを見て、慌てて陛下を呼び止めた。

「あのっ、陛下。ごめんなさい！　うまくできなくて……」

足を止めた後ろ姿に謝罪する。

陛下が怒るのも当然だ。肝心なところで意識を失ったし、なんか変なことを口走った気がする。

「ただ、桂花や団長さんたち、他のみんなは悪くないんです！　だから――」

「っ……！　コンの、馬鹿狸《たぬき》！」

「……っ」

（確かに私が悪いけど、そこまで怒鳴ることないじゃない……）

首をすくめて悄然《しょうぜん》とする私のほうに、出ていこうとした陛下が足音も荒く戻ってくる。

「アンタのおかげで助かったわよ。無事に来賓をごまかすこともできたし。――むしろ、ここまでアンタを危険に晒す気はなかったわ」

不機嫌そうな顔は相変わらずだが、頭の上に手を乗せられてぐしゃりと一度撫でられた。

「無事でよかった……」

立ち去る直前に聞こえたのは、押し殺した吐息のような声だった。

今日の私は職人の気分だ。たすきをかけて漢方なんかを押し砕《くだ》く薬研《やげん》を握りしめ、黙々と作業を続ける。

ごりごり、ごりごり。がっがっが、ごいん。

(あ。いい感じ)

「稀妃《きひ》さま」

かっかっかっ。ごいんっ。ざりざり、ざりざり。

「稀妃さま」

(うん、だいぶいい感じじゃない？)

「ひーめーさーま！」

ごりご……

「あ、ごめん。呼んだ？」

「ええ。もう、それは何度も」

「ごめんごめん」

手にした薬研《やげん》はそのままに顔を上げると、桂花が呆れ果てた顔でお小言を言う。

「よろしいですか、姫さま。何度も申し上げていますが、本来このようなことは、上級妃であらせられる姫さまがなさることではございませんよ？」

今日も麗《うるわ》しい桂花は、花顔柳腰《かがんりゅうよう》の艶姿《つやすがた》。けれど、そう言う桂花の手にも、スリコギがしっかりと握られている。

「だって厨房《ちゅうぼう》があるのに、使わないなんてありえないでしょ！」

「お屋敷の厨房《ちゅうぼう》は、お茶を淹《い》れたり軽食を温める程度にしか使わないのです！」

だから調味料が全部塊のままだったのか。

なんてもったいない。

「それと、そろそろ新たなお名前にも慣れていただかないと」

「香《こう》稀妃……でしたっけ？　そんな煌々《きらきら》しい名前、急に慣れろと言われても無理ですよぉ」

薬研《やげん》と格闘していたせいで鼻の頭までずり落ちた眼鏡を直しながら、桂花の手元を見る。

「で、そっちはできた？」

「完璧ですわ」

覗き込めば、石鉢の中には綺麗にひかれた氷砂糖がきらきらと光っている。

さすが、桂花。何をやらせても上手だ。

「湿気やすいし、砂糖をすり潰すのはこのくらいで大丈夫かな」

「はぁ……後宮広しといえど、妃嬪《ひひん》の中で薬研《やげん》を握られるのは姫さまぐらいでしょうね」

どこか遠い目をした桂花は、そう言って天を仰いだ。

波乱万丈のお披露目会から十日。後宮入りを果たした私を待っていたのは、そこそこ豪華なお屋敷と、『謹慎』の二文字だった。

勅書《ちょくしょ》を携《たずさ》えた宦官《かんがん》いわく――

『田中香織改め、香稀妃。このたびの婚儀においての処罰を申し付けます。斎宮での暴挙は許しがたく、本来なら後宮警吏《けいり》による厳罰を受けますところを、陛下のご高配により俸禄《ほうろく》、三ヶ月減俸といたします。また陛下から沙汰があるまで、謹慎を申し付けます』

最初これを聞いたとき、意味がわからなかった。

だって俸禄《ほうろく》ってお給料のことだ。

(つまり私、ここにいるだけで貯蓄までできるの？　働いてもいないのに！)

いや、仕事があるのはわかっている。でも陛下が後宮に足を向けない以上、妃嬪《ひひん》としてのお仕事は朝礼だけ。それも謹慎で出られないとなると、これは有給休暇みたいなものだ。

(来客もないし、思ったより後宮生活って幸せかも～)

そう思って浮かれていられたのは、ほんの一瞬。

翌日からは後宮警吏《けいり》たちに毒飴事件について事情聴取される毎日が待っていた。要は、『式典を引っ掻き回した咎《とが》で謹慎』というのはただの名目だったってこと。

そうして、あの飴に入っていた毒の出処《でどころ》、種類、混入時期など、同じことを何度も何度も聞かれ、本当にうんざりする。私だって知らないのに、どう答えろというのだ。

(本来ならあの飴を食べていたのは私なんだけど……)

そう思っても、陛下が危険にさらされたことに変わりはない。

結局、私が元々持っていた飴と毒飴は別物だったこと、陛下自身の証言などで、私にかけられた嫌疑は晴れた。

『香稀妃様の潔白は証明されましたが、未だに事件の犯人はわかっておりません。何卒、我々の調査が終わるまでお屋敷から出ませんよう、重ねてお願い申し上げます』

そう言って後宮警吏《けいり》は出ていった。

ちなみに、あの毒飴の巾着《きんちゃく》を部屋に置いた娘は、早々に毒殺されていたらしい。式典のときにはすでに死んでいたというから、計算され尽くした悪意にぞっとする。

今までも、何か手を加えられていそうな、怪しい食事はたくさんあった。けど、それらは基本的にわかりやすく、ほとんど嫌がらせの領域だった。なのになぜ、わざわざ警備が厳しくなる式典前夜に私を狙ったのだろう。

（後宮に入るともっと警護は厚くなる。その前に、なんとしてでも始末したかったから——とか？）

それに、なぜ陛下からもらった飴に見せかけて、毒を仕込んだのだろう。その辺の飲み物に毒を入れたってよかったのに。

「わっかんないなー……」

これを考えると、頭がぐるぐるする。

しかも式典の日に舞姫たちが倒れたのは毒ではなく、美容茶の淹《い》れ間違いによるものだったとわかったから尚のことだ。

なんでも、美容茶が痩身茶だと知らずに濃く煮出して飲んだせいで、副作用が強く出たそうなのだ。そんな馬鹿な、と思ったけど、複数の検査結果がそれを証明している。

（確かにみんな、すごい気合入ってたもんなー……）

タイミングが重なりすぎてて気持ち悪いけど、ありえない話ではない。

「香織さま？　……香織さま？」

この十日間のことを思い返しながら百面相をしていると、桂花が心配そうに名前を呼んでいるのに気がついた。ひとしきり唸《うな》ってから考えるのを諦める。

「やることなくて、なんか色々考えちゃうんですよね」

あくびをしながらそう言う私に、桂花がにっこりと笑う。

「いいえ、姫さま。やることでしたらおありでしょう？」

「うぐっ……」

（せっかく忘れていたのに）

微笑む桂花が手で示すのは、部屋の隅。そこにあるのは、人が入れそうなほど大きい衣装箱の山、山、山。

「朝見たときよりも、量、増えてますよね？」

「増えはしませんが、姫さまが処理しない限り減ることはございませんよ」

桂花の言葉に溜息をついて、薬研《やげん》をそっと置いた。

立ち上がって、とりあえず手前にある衣装箱から開けようと決意する。だって、このまま荷物の山を放置しておくと、桂花が鬼になりそうで怖いし。

「まあ！　ようやく開けてくださる気になったのですね」

「蓋そっち持ってくれます？　せーの、うへぇ……」

中に入っていたのは、見覚えのある飛龍のタペストリー。その数、うん十枚。

一番上にはネズミ男の苦情の手紙まで添えてあった。

『「龍神の娘」自《みず》らが深く内省し、斎宮の渡り廊下に再び吊るせるよう、謹慎中に全て手直しすべきである!!』――要約すると、そんな感じ。

（ええと、一応今の私は皇帝陛下の妃嬪《ひひん》の一人なんだけど……）

本来、このようなことをさせられる身分ではないのだが、徹底的に私のことが気に入らないらしい。ある意味、ぶれない人だ。

「すごい量ですわね。細かい端切《はぎ》れもあわせると、全部で百枚を超すくらいでしょうか」

「衣装にするために、細かく切ったりしたしねぇ……。でもさ、結果的にあいつのこと助けたんだし、私にやらせることなくない!?」

「お気持ちはわかりますが……。姫さま、斎宮などに飾られる龍の掛け布は、歴代妃嬪《ひひん》の方々が一針ずつ祈りを込めて刺繍《ししゅう》を刺したり、織ったりしたものなのです」

基本的な針仕事はお付きの人たちにやらせるけれど、慶賀《けいが》の品や宗教がらみの刺繍《ししゅう》は、妃嬪《ひひん》が刺さないといけないらしい。

「つまり、これを直せってネズミ男の言い分は、一応筋が通っているってこと？」

「残念ながら」

私の針仕事の能力を知っている桂花と一緒に、盛大な溜息をつく。

「針仕事をするのと、ネズミ男が諦めるのを待つのと――どっちのほうがマシかなあ」

「通常でしたらもちろん針仕事だと思うのですが……、って姫さま。何また蓋閉めてるんですか！　薬研《やげん》を持たないで！　諦めるのはまだ早いです！」

「え～、今日はいいよ。まだ謹慎は続くだろうから、ゆっくりやるよ」

「そう言ってる間に、一枚くらい仕上がります！」

お屋敷の一角で、桂花と二人でキャンキャンやり合う。

謹慎明けを知らせる勅使がすぐそばまで来ているとも知らず、私は最後の平穏のときを味わっていた。


想像していたよりも早く謹慎が明け、私は早速後宮の朝礼に顔を出すことになった。

「後宮で咲き乱れる百花繚乱《ひゃっかりょうらん》の花、上級妃の皆様に、香稀妃ご挨拶いたします」

ずらりと並ぶ十六人の美女を見つめ、軽く膝を曲げる。

今回も前の世界で習った立礼だ。顔を伏せない分、美女たちの表情がよく見えて面白い。

（っていうか、面白がってないとやってられない）

『ついにやってきました、上級妃のバトル会場。その名も後宮朝礼。謹慎が明けましたので、これから三日に一度開催です』

セールの広告みたいになってしまった。

意識を上級妃たちに戻すと、彼女たちの中で一番位の高い白貴妃が代表として前に出る。

「まずは入宮おめでとうございます、香稀妃さま。稀妃さまにお会いできる日をわたくしたち一同、お待ちしておりました」

白貴妃の衣装は柔らかな素材の襦裙《じゅくん》で、蓮華《れんげ》の刺繍《ししゅう》と水浅葱《みずあさぎ》色のグラデーションが美しい。相変わらず、愛らしく楚々《そそ》としている姫君だ。

「お久しぶりです、白貴妃様」

「『世にも稀《まれ》なるお方』ということでつけられた稀妃の号、非常に香織さまに似合っておりますわ。異世界では不慣れなことも多いでしょう。これからはわたくしたちは姉妹も同然。わたくしのことも姉と思って、仲良くしてくださいませね」

ふわりと微笑まれ、こちらも自然に笑顔になる。美人ってすごい。

けれど――

「本当に。世にも稀《まれ》なる幸運の持ち主ですこと。殷煌陛下の後宮は選ばれた人間しか入宮できないと思っておりましたわ」

皮肉たっぷりに言ってきたのは、二番手の朱徳妃だ。

習ったとおり、正式な場では挨拶をするのも嫌味を言うのも身分順。教本をそのままでわかりやすい。

「けれど朱徳妃様は人ではありませんものね」

朱徳妃の発言に、くすくすと同意するような笑い声があちこちから上がる。その横に立つ藍色の襦裙《じゅくん》を着た少女が、おろおろと周囲を見回した。

（このお姫様が三番手の蒼慧妃《そうけいひ》かな）

上級妃の中では一番幼い。日本だったらランドセルを背負ってるくらいの年齢だ。

そう考えていると、四番手の金順妃がずいと前に出る。身につけたたくさんの装飾品からじゃらじゃらと音が聞こえてきそうだ。

「朱徳妃様、いくら香稀妃が人語を解《かい》する猿だとて、殷煌陛下のお心が和らぐのならそれも一興ではないですか。祥瑞苑《しょうずいえん》もさぞかし華やぐでしょう」

祥瑞苑《しょうずいえん》とは、皇帝陛下に献上された珍しい生き物が集められた場所のことだ。早い話、皇帝専用の動物園である。

「ねぇ、そう思いませんか。みなさん」

金順妃がぐるりと周囲を見回すと、十二嬪《ひん》がうふふと笑って同意する。

（うん、いかにも後宮って感じ！）

「世にも稀《まれ》なる奇妙なお方ですもの。ならば新たな号は、奇妙の奇の字を使って、香奇妃《こうきひ》とつけていただいてもよろしかったのでは？」

（なんだかな〜、もう）

何も言う気が起きなくて視線を天井に向ける。格子天井に描かれた花鳥風月の図案が見事だ。

「……………」

「あら、言葉もないようですね。眼鏡猿は人の言葉を忘れてしまったのかしら？」

何も話さないまま胡乱《うろん》な目つきで視線を戻すと、丸い目を見開いてより一層オロオロする蒼慧妃、ピクリと片眉をつり上げた朱徳妃、困った顔で微笑む白貴妃が目に入った。

金順妃は紅唇《こうしん》をにっとつり上げ「何か言ったらいかがです？」と、嫌味ったらしく続けた。

「あの、私が何か言っていいんですか？」

「は？」

「もう一度お伺いしますけど、私が発言していいんですか？　金順妃」

「あら、思ったよりも謙虚でしたのね。発言に許可を取るなど、立場をわきまえていらっしゃること」

その発言に、私は呆れ返る。金順妃はもう少し、頭を使ったほうがいい。

「なら申し渡します。金順妃、貴女こそ立場をわきまえなさい」

ぴしゃりと言い放った私に、場が凍る。

「なっ、なっ……！」

「蒼慧妃より先に挨拶をする許可を私は出しておりません。また目上の者に対する口のきき方も知らずに四夫人の立場を名乗るとは、恥を知りなさい！」

「めっ、目上ですってぇ!?」

きぃっと眦《まなじり》をつり上げる金順妃。

そういえばネズミ男も金一族だっけ。こうしてみると、ヒステリーの起こし方がよく似ているかもしれない。

「宮廷作法も後宮の常識も知らない異世界人風情《ふぜい》が、何をぬけぬけとっ」

絹団扇《きぬうちわ》をへし折りそうな勢いの金順妃の横で、蒼慧妃がびくりと身体を震わせ、ぎゅっと目を瞑《つぶ》る。

（ああ、なるほど。この子はちゃんとわかっているんだ）

そうなると、わかっていないのは金順妃と後ろで笑っていた十二嬪《ひん》全員だ。

「ここは仮にも一国の後宮だというのに、ずいぶんとお粗末ですねえ」

溜息とともに出た声は、自然と呆れを含んだものになる。

「殷煌陛下は、私を従来どおりの四夫人の身分に封じず、香稀妃という新たな名と正一品《しょういっぽん》の地位のみを与えました。その意味を貴女は考えなかったのですか」

「はあ⁉」

金順妃の声と、十二嬪《ひん》のざわめきが広がる。

「つまり私は、四夫人の上位でも下位でも不思議ではない上級妃。陛下は誰かを降格することも、さりとて四夫人を五夫人に増やすこともしなかった。金順妃、その意味を貴女はわかっていない。だから私はお粗末だと言ったのです」

「何よ！　私の、私たち四夫人の下に決まっているじゃない！」

片眉を上げ嘲《あざけ》る金順妃の正面に立って、じっとその目を見つめる。

「私は『龍神の娘』として後宮に入りました。その『龍神の娘』の上に立つということは、『龍の加護』を持つ陛下を軽視することにも繋がります。そこに貴女の配慮はありましたか？」

その発言に、それまでくすくすと笑っていた十二嬪《ひん》が、棒を呑み込んだようになる。

「私を軽視するあまり、蒼慧妃より先に発言するという失態を金順妃は犯しました。朝礼で下位の妃嬪を叱るのは、最も身分が高い妃の役目です。今貴女を叱る者が最上位妃になると気づきもせず、自分から私に発言を促《うなが》すとは……」

「わっ、私を愚弄するつもり⁉　下賤《げせん》な異世界人の分際で‼」

（あーあー、もう。ヒステリーで地団駄踏みそうな感じになってきたよ、このお嬢さん）

そこへ、朱徳妃が口を挟んだ。

「ねえ、金順妃様。貴女が目上の蒼慧妃様よりも先にご挨拶したのを、なぜ、白貴妃様が叱らなかったのか。その意味を考えたらいかがです？」

「朱徳妃様まで、何を言うんですか！」

ぎょっとしたように、金順妃が振り返る。

困ったような顔で微笑む白貴妃と、絹団扇《きぬうちわ》で口元を隠している朱徳妃。そして必死に首を縦に振って頷いている蒼慧妃を認め、金順妃はブルブルと震え出す。

白貴妃は、最初から新たにできた稀妃の位が、貴妃の位より上であると行動で示していた。

それに気がつかなかったのは、四夫人の中ではこの人だけだ。

（金順妃がバカなことを言わなければ、なあなあにしようと思ったのになぁ……）

「でも、朱徳妃様！　貴女だって同じようなことをおっしゃられていたではないですか！」

「一緒にしないで。わらわは香稀妃様は人ではないと言いましたが、それは『龍神の娘』であらせられる香稀妃様が、只人《ただびと》ではないとお伝えしただけです」

突き放すように言い捨てる。

そう、朱徳妃は、きちんと言い逃れができるように、言葉を選んで嫌味を言っていた。挨拶の順番を飛ばしたり、猿だのなんだの直接的な暴言を吐いたのは、金順妃のみである。

「私をはめたのですね！」

状況が呑み込めてきた金順妃の顔が、赤から真っ青に変じる。

金順妃がうまくやれば、私を彼女の下の地位にすることだってできたのに。

「バカバカしい」

思わず声に出てしまう。

朝廷にしてみれば、私の立場は厄介なことこの上ない。陛下のためには最上位にするしかないし、かといって王宮で権力を握る白家や朱家が異世界人より下位というのも、これまた物言いがつく。だから稀妃という号と正一品《しょういっぽん》という身分だけ決めておいて、最後の順列の決定は後宮の人々に任せたのだ。

これならば、それぞれの立場を守り、かつ陛下の威光を妨げることにはならないから。

その辺の機微《きび》に多くの上級妃が気づかない時点で、この後宮がいかにぬるま湯だったかがわかる。

（ほんと、立礼を許されている時点で気がついていただきたい）

『龍神の娘』という立場への配慮はきちんとあった。今回のことは、完全に金順妃の落ち度である。

身分をあまり気にしてない風の白貴妃と蒼慧妃はともかく、プライドの塊みたいな朱徳妃ですら、

「ば、馬鹿ですってぇぇ!?」

「金順妃は少しお疲れのようですね」

激高する金順妃に、白貴妃が幼子《おさなご》の駄々を見るような穏やかな顔で微笑む。

その微笑みに、金順妃の顔が真っ白になった。

（おお。穏やかながら、さすがの迫力です）

「香稀妃さまにご挨拶する初めての日に、このような不快な思いをさせてしまい、申し訳ございません。皆を代表いたしまして、お詫び申し上げます」

こちらを振り返った白貴妃は貴婦人の見本のような仕草で謝罪の意を表する。

「気にしていません。実際、わからないことも多いので、こちらこそどうぞよろしくお願いします」

思わず、いつもの飄々《ひょうひょう》とした雰囲気に戻って、ぺこりと頭を下げる。

すると、完璧だった白貴妃が一瞬言葉をなくす。そうして今度は愛らしい笑顔でくすりと笑った。

「では、残りの者を紹介させていただきます――」

こうして朝礼の初日は金順妃の三日謹慎つきで幕が下りた。


「お見事でした！　お見事でございましたわ、姫さま！」

お屋敷に戻ると、涙を流しそうな勢いで、桂花が声をかけてくれる。後ろで喜んでいる女官さんたちの中には、無理難題を通す金順妃に嫌な目に遭《あ》わされた子もいるらしい。

（う〜ん。よかったのか悪かったのか）

けれども、今はそんなことを思っている場合ではない。私の右手には、やたらと長い銀の箸。そして目の前には、豪華絢爛《ごうかけんらん》な点心《てんしん》たちがある。

「いっただっきまーす！　海老《えび》入り餃子、美味しい！　桃饅頭《ももまんじゅう》もアツアツ！」

ぷりっぷりの海老《えび》と筍《たけのこ》がハーモニーを奏でながら、じゅわりと口の中に広がる。

春巻きはカリッと香ばしく、翡翠《ひすい》餃子はとっても優しい味だ。フカヒレスープのとろりとした舌触りは絶品以外の何物でもない。

「ああ。幸せ……」

これでもかっていうくらい食べてから、円卓の向こう側に座る明貴さんに一礼する。

「ごちそうさまでした。とても美味しかったです」

「気に入っていただけたなら何よりです」

にこにこと微笑む糸目の彼。この食事は、今日の朝礼を恙《つつが》なく終えたご褒美らしい。

「それにしても、まさか初日からここまでうまく立ち回れるとは。正直、想像もしていませんでした」

「そこはほら。伊達《だて》に五回も異世界めぐりしていないですから……」

以前の世界で王宮メイドをしていたことがある。その際にそこそこ見聞きした。

清楚な美姫の罵詈雑言《ばりぞうごん》に、穏やかな微笑みでカウンターアタックをする艶《あで》やかな美姫、それをまた揶揄《やゆ》する妃殿下とか。

「どちらにしろ、私がよほどのヘマをしなければ、最上位になるのは既定路線でしたけどね」

そう言うと、桂花が花茶を差し出しながら、ほうと満足そうな溜息をつく。

「ええ。殷煌様の寵姫《ちょうき》であり、『龍神の娘』でもある姫さまが、最上位の妃嬪《ひひん》になるのは当然ですものね」

「いやはや、まったくですね」

にこにこと笑って答える明貴さんを、思わず胡乱《うろん》な目で見てしまう。

(本気でそんなこと思ってないくせに)

「さて、そろそろお暇《いとま》せねば。今宵は陛下との晩餐《ばんさん》会でしょう。お支度の時間が減ってしまうといけませんので」

「え？　いや、まだ正午をすぎたばかりですよ？」

今夜は確かに陛下との晩餐《ばんさん》会が入っている。でもさすがにこんな早くから支度はしない。

「美しき女人の身支度には時間がかかるもの。ましてや稀妃様となられた香織殿の艶《あで》やかな装《よそお》いには、相当な時間がかかるものです」

「え、この格好じゃ駄目なんですか。今更着飾ったところで、陛下は何も言いませんよ」

だって今夜の晩餐《ばんさん》会が、今後についての作戦会議だって明貴さんも知っている。

だったら着飾る必要なんてないだろう。

そんなことを考えていると、明貴さんが困ったように小首をかしげた。

「私が何かを言うより、後ろを見ていただいたほうがよろしいかと」

「はい？　後ろ……？」

振り返ると、書斎の小窓の向こうにたくさんの女官さんたちが、各種色とりどりの豪華な衣装を手に持ち、ずらりと並んでいるのが見えた。

ううっ！

「いかがでしょうか」

「あ、ええと。あの、彼女たちは、一体いつから……」

「私が気がついてから一刻ほどは経っておりますね」

(これに気がつきながらも、まったく表に出さなかった明貴さんってすごいわぁ)

彼の心臓の強さに改めて敬意を表する。そして、どうやら今日は彼女たちに逆らわないほうがよさそうだ。そう思った。


やがて太陽は傾き、夕刻ほど近く。

「稀妃さま、お支度お済みになりました」

「「かしこまりまして」」

桂花に続く女官さんたちの見事な唱和に、朦朧《もうろう》としながら頭を下げる。

「あ、ありがとうございましたぁ……」

湯浴みから始まって三時間はかかったであろう身支度は、先日の花嫁衣装の着付けに相当する念の入れようだった。

襦裙《じゅくん》は落花流水紋《らっかりゅうすいもん》が織られた薄青色。肌は真珠のように艶《つや》めいて、爪の先は薄桃色に染め上げられた。頭には蝶々結びみたいな髷《まげ》をつけられ、その下には襦裙《じゅくん》に合わせた色合いの生花が飾られている。最後に水滴を思わせる真珠や夜光貝の髪飾り――金歩揺《きんほよう》をさされ、完成だ。

蝶は花に遊び、髪からこぼれ落ちた美しい花は、流れる川の上で舞う。そんな美しく繊細な風情《ふぜい》だ。――鏡の中の顔が、眼鏡の私でなければ。

「ああ。こんなに美しい稀妃様と殷煌陛下がお並びになられたら、月や星ですらその輝きが色あせますわ」

非常に満足げな女官さんたちには申し訳ないけど、陛下から見れば大して変わらないだろう。狸《たぬき》にも衣装。眼鏡猿に真珠――このくらいは普通に言いそうだ。

でも彼女たちの大作にケチを付けるのは怖いので、否定はしないでおく。

「……こんなにあれこれ塗りったくってもらえれば、私でも一定の美人にはなれそうです。はい。アリガトウゴザイマス」

「まあ！　ご謙遜《けんそん》なさることはございません。いずれの美姫にも劣らない異邦の美しさでございますわ」

（うわぁ。上手にまとめたな。異邦の美しさ。褒めてなくても絶賛しているように聞こえるね！）

「ささ。香稀妃様。幾分時刻は早いですが、迎えの輿《こし》にお乗りくださいませ」

早めに行き、皇帝陛下を長い時間待つことは、妃嬪《ひひん》の美徳とされている。

門の近くでずっと待機していた宦官《かんがん》の一人に促《うなが》され、重い腰を上げる――と、慌てて駆け寄ってきた桂花が、何やら大きな布を広げ始めた。

「最後にこちらをおかけいたしましょう。これでお支度終了です」

「ええ？　これから暗くなる時間なのにベールをかぶるの？　しかもこれずいぶん大きいけど」

「もちろんでございます。後宮から出られますから、他の殿方に見られてはいけません」

「ああ、なるほど。楽できるから私は嬉しいですけど――って、なんで眼鏡を取るんですかぁ！」

「陛下との晩餐会《ばんさん》に眼鏡はいりません。せっかくの艶姿《つやすがた》を損ないます。お披露目会と違って多少の失敗には目を瞑《つぶ》ってもらえるでしょうし、今宵はこちらはお預かりいたします」

そう言って見事な連携プレーで遠くへ隠される。

「え。無理無理！　ヤですよ！　じゃあ、ベールしたまま食事します！」

「美味しく召し上がれませんよ？」

「ううっ」

何という究極の選択。でも眼鏡なしなんて絶対イヤだ。

「眼鏡ないなら行きません！」

そう言って、脱兎《だっと》のごとく寝室に逃げ込もうとする。いや、逃げ込もうとして飾り棚に正面から激突した。

「ひっ、姫さま!?」

「だ、大丈夫でございますかっ!!」

「誰か！　太医《たいい》をお呼びして！」

「ううっ、ヒヨコがぐるぐる回ってるぅ」

結局、おでこの日の丸と赤っ鼻と引き換えに、無事眼鏡を返してもらえた。メデタシメデタシ。

「そんな馬鹿な理由で、アタシとの食事に遅れたの？」

「遅れた理由はそれだけじゃなく、もう一つあるんですけどね。でも、最初の予定時刻より遅くしてもらったことは、すみません」

陛下が着席するのを見てから、しずしずと席に座る。そして、もういいだろうと思って、わしわしと淡桃色のベールをたくし上げた。

ずれた眼鏡を直しながら、クリアになった視界で初めて入った部屋を鑑賞する。

さすが一国の皇帝陛下との晩餐《ばんさん》会場は目を瞠《みは》るものがあった。龍の彫刻がされた朱塗りの円柱がずらりと並び、昼間かと思うくらいの燭光《しょっこう》に照らされている。楽師たちが奏でる音楽は華やかで、思わずうっとりと聴き惚れてしまいそうだ。

「いつもここで食事されているんですか？　これだけの絢爛豪華《けんらんごうか》な部屋を維持するのは、ずいぶん大変そうですねえ」

そう感心していると、

「……相変わらず、周りの計算を薙《な》ぎ払う天才ね、アンタ」

卓上に肘を乗せ、頬杖をついてこちらを見ている呆れ顔の陛下と目が合った。

「へ？」

「それ、紅蓋頭《こうがいとう》の代わりでしょ。あの日、アタシが花嫁の薄絹を上げなかったから、今日上げさせるつもりだったんじゃないの？」

陛下の長い指が、薄桃色のベールを指差す。

（ん？　紅蓋頭《こうがいとう》って花嫁のベールよね。あ……）

「ああ！　そういうことか！」

式典後の宴席に出られなかったから、仕切り直せってことだろう。

どうりで桂花たちに気合が入っていたはずだ。

彼女たちは、この場で陛下にベールを上げてもらって私が恥じらい、楚々《そそ》とした様子で食事が始まる――そんな妄想でもしていたのかもしれない。

けれども実際は、自分でベールをむしり取ったし、今は運ばれてくる料理の数々に目が釘付けだ。

十皿、二十皿――三十皿を超えた時点で、我ながら情けない顔で陛下を見上げる。

これ、全部並ぶまで食べ始めちゃいけないらしいけど、一体いつ始まるの？

「アンタって……。まあいいわ。アタシも待ちくたびれたし。さっさと食事を始めましょ」

「ありがたき幸せ！」

そうして絢爛豪華《けんらんごうか》な晩餐会《ばんさんかい》が始まった。

「言うまでもなく、アタシと食事をともにした妃嬪《ひひん》の中で、アンタが一番食べるわ」

「お褒めいただき、恐悦至極でございます」

「褒めてないわよ、馬鹿」

揚げ物、蒸し物、炒め物。お腹いっぱい食べた。

異世界に飛ばされ始めて十年、こんな贅沢な食事は初めてだ。

このまま幸せな気分を味わっていたいけど、それだけじゃいけないのがこの晩餐《ばんさん》会の辛いところ。

宮廷音楽の話から自然と詩作の話になったところで、さりげなく陛下に合図を送った。

「そうそう、陛下には白雨《はくう》の詩のご意見を伺おうと思っていたんです」

白雨《はくう》とはにわか雨のこと。実際は、雨と飴をかけて毒飴事件の隠語としている。

結構強そうなお酒が入った盃を傾けていた陛下が、「ああ」と応《こた》える。

「あれね。……そうね、どうせなら上の露台で聞いてあげるわよ。今日は風雅を解さない狸《たぬき》でも見《み》惚《と》れるような名月よ。少しは詩作も捗《はかど》るんじゃないの？」

人払いができるバルコニーに出るのはいい案だと思うけど、『風雅を解さない』は余計だ。

「詩作は苦手ですが、花鳥風月を美しいと思う心くらいは持ち合わせていますよ」

「じゃあ置いてきたのは女心かしらねぇ。嘆かわしい」

「陛下に余計な女心がありすぎるんですよ」

軽口を叩きながら階段を上がり、大きく開け放たれたバルコニーに向かう。

燭光《しょっこう》に輝く晩餐《ばんさん》会場と違って、その上の階のテラスはしっとりと夜に抱かれている。

足元には月明かりを邪魔しない程度に意匠を凝《こ》らしたランタンが置かれ、月星を観賞するのにちょうどいい長椅子も用意されている。まるでデートスポットみたいだなと柄にもない感想を抱いた。

「ここならアタシたちの話し声は周囲に聞こえないし、ちょうどいいでしょ」

「お気遣いありがとうございます」

「そういえば、遅れたもう一つの理由は何よ」

隣り合って座った陛下が、煙管《キセル》に火を入れる。

「祝辞？　挨拶？　……になるんでしょうか」

「は？　祝辞？」

「ええと、こちらに来るときにですね――」

一応身分が高いので、私から挨拶しなきゃいけない人はすごく少ない。しかも、私に直接声をかけて挨拶できる人もそこそこ限られている――んだけど、後宮を出たら高官がずらりと並んでいて、都度都度、挨拶を受ける羽目になってしまったのだ。

「馬鹿ね。いちいち受けてないでほっとけばいいのよ。そのための身分でしょ」

「そうなんですけど、なんか怪しいのいないかなぁって思いまして……」

挙動不審なやつはいないかと検分した結果、挨拶三昧《ざんまい》になってしまったのである。

「で？　怪しいのはいたの？」

「全員怪しいというか、私を見る目が気持ち悪い人ばかりで……」

うまく言えないんだけど、『龍神の娘』という期待を通りすぎて、私自身が信仰の対象になったような、なんとも言えない不気味さを感じた。

「それは仕方ないわね。アンタが口走ったのはアタシたちが誰も聞いたことのない、でも我が国に伝わる古い言い伝えを補完したようなものだもの。しかも、それに対して『龍の珠』が反応したんだから。正直、周囲が動揺するのも無理はないわ。そうそう、アンタの謹慎も明けたから、その件について明日から有識者会議が開かれるはずよ」

「有識者会議ぃ？　私、自分が何を言ったかほとんど覚えてないのに？」

そう、私自身はあまり覚えていないのだけれど、あのお披露目の日、私は意識を失う寸前に、なにやら口伝《くでん》の完全版みたいなことを口走ったらしい。そして、それを受けるように、『龍の珠』の色が鮮やかになったとのこと。

陛下が細く紫煙を吐き出しながらじっと私を見る。

「自分が何を言ったか、本当に覚えてないの？　じゃあ、何なら覚えてるのよ」

「う～……。『龍の珠』の色が鮮やかになったこと……くらいですかねぇ」

情けない顔で空を見上げた私を特に追及せず、彼は紫煙をくゆらす。

「毒飴と舞姫のお茶の件はどうだったんですか？」

「舞姫たちが飲んだお茶については確認がとれたわ。出処《でどころ》も流通経路も一切不審点なしよ」

「あれだけタイミングよく事件が起こって、別物ってことですか……」

がっくりと肩を落とす。

「強力な暗示でも使わない限り、そうなるわね」

「そんな暗示なんてあるわけないですしねぇ。――結局、謎は毒飴の件だけですね。誰があの飴を用意したのか。そしてなぜあの日、あの袋だったのか」

暗示なんてない。そう言い切った私を、陛下がなぜかほんの少し注視する。それがどうしてだかわからなくて戸惑っていると、

「まだなんとも言えないわ。でも、あの日だった理由は推測つくけどね」

と言われた。

「え！　なんでですか」

思わず前のめりになる。

「偽物の『龍神の娘』が何人もいる中で、アンタ一人を正確に狙うならどうする？」

「ああ、そっか。確かに式典なら本物が出ますもんね」

「そういうこと」

本物の『龍神の娘』を知らない犯人が、式典前後に狙いを定めるのはもっともだ。

「もしくは、アンタのそばにいる筆頭女官が、それを逆手に取ったとも考えられるけど……」

「あ、桂花ですか？　それはないと思います」

パタパタと手を横に振る私に、陛下が小首をかしげる。

「なんでよ」

「桂花はひどいはちみつアレルギーなんです。もらったはちみつ飴には触れません」

「直接触るとは限らないじゃない」

「あの飴の味は陛下以外誰も知りません。なので桂花が何か細工をしたのなら、飴を入れ替えるときに直接触って症状を出していたと思います」

「一応、筋が通ってるわね」

ふうんと紫煙をくゆらせる。

星空に消える煙を眺めていると、低い声でぼそりと陛下が呟いた。

「遠水《えんすい》　天連《てんつら》なりて龍の如し　青帝《せいてい》　民の嘆き聞きたりて　東君《とうくん》　心痛ましむ　一枝の花　碧《へき》に舞い　その身で五界を渡り　地に満つる」

「それって……」

「あの日、アンタが呟いた言葉よ。アンタがこれを呟いたことで、犯人の心情に変化はあるのかしらね……。より一層殺そうとするのか、一転して利用しようとするのか、それとも――」

煙草盆《たばこぼん》に煙管《キセル》を置き、じっとこちらを見つめる陛下。

何かを見透かすような瞳を前にして、なんとなく落ち着かなくなる。星明かりの下、二人の息遣いと衣擦れの音がやけに気になるのは気のせいだと思いたい。

「あ、あの……？」

あまりのいたたまれなさに自分が言ったというフレーズを思い出して、必死に解釈をしてみる。

「遠くに流れる大河は天に繋がって龍のようだ。春の男神は民の嘆きを聞き、春の女神は心を痛めている……ですかね。春先の天気の荒れ模様を指しているのかな」

相変わらず、解釈は苦手だ。どんな異世界の文字でも読めるけど、こればっかりは読みきれない。

「その先の『一枝の花　碧《へき》に舞い』は、山奥に咲く一枝の花が川に落ち、下流に流れていく情景になると思うんですが、多分違いますよね」

頓珍漢《とんちんかん》な私の解釈に陛下はくすりと笑う。

「一枝の花は、美しい女性を指すことがあるわね。碧《へき》は空にも海にも山にも例えられるわ。この場合、心を痛めた春の女神が天地を含む全ての世界を駆け抜け、大地に溶けるという意味ね。つまり、五穀豊穣《ごこくほうじょう》の約束、もしくはその血を残すということかしら」

「表の意味は春先の風景描写だけど、裏の意味は……」

「アンタの嫌そうな解釈をするなら、『民の嘆きを聞いたアタシとアンタが子供を作り、龍の声と異世界の知識をもってこの国に莫大な恵みを約束する』ってことになるわ」

「は、はぃぃいっ!?」

悲鳴を上げた私に、陛下は「だから何を言ったか覚えてないのかって聞いたのよ」と、くくっと笑う。

「まぁ、解釈なんてどうにでもできるわ。例えば、遠水《えんすい》の向こうの大国が印東国に攻め入ってごらんなさいよ。急にこれは、侵略国の正当性を訴える言い伝えになるのよ」

「な、なるほど」

解釈なんていくらでも考えられるってことだ。

「詩作とか、解釈とか本当に苦手です。裏の意味とかわけわかんないですもん」

ふてくされながら言う。すると、

「自分で薄絹をたくし上げるし、今着ている衣《ころも》の意味もわかってない。アンタの教育係は本当に大変ね。情緒ってものを少しは覚えなさい？」

と、まるで心の底から馬鹿にするような声を上げられる。

「衣《ころも》、ですか？」

「自分の服装、よく見てみなさいよ。花に蝶が遊び、散った花びらが大河に抱かれてるじゃないの」

落花流水紋《らっかりゅうすいもん》が織られた薄青の襦裙《じゅくん》。頭頂部の蝶々結びみたいな髷《まげ》と、その下の大ぶりな生花と簪《かんざし》。

「ですねぇ。綺麗ですけど、どこか変ですか？」

アタシが着たほうが綺麗とか言うのならわかるけど、服自体は至ってまともだと思う。

そう言うとなんだか大げさに溜息をつかれる。誰も似合ってないとは言っていない——と憮然《ぶぜん》とした声が聞こえたのは空耳かな。陛下に服装で褒められたことはないもの。

「皇帝は龍に例えられ、大河は龍神に例えられる。薄絹を上げれば、開きかけた蕾と清楚に散る花びら。——見た目は楚々《そそ》としているのに、ずいぶんと婀娜《あだ》っぽい意味合いの襦裙《じゅくん》を着ているとは思わないか？」

途中から男口調でそう言われ、もう一度考える。花が散る、大河に抱かれる。

(う、わあぁぁぁ)

「それってかなり露骨じゃありません!?」

だから香油で肌を丹念に磨かれたのか、と今更ながら得心して、すごく恥ずかしくなる。

バルコニーでぎゃいぎゃい騒ぐ私と、それを面白そうにいなす陛下。

その様子から『やはり殷煌陛下は香稀妃をご寵愛なさっている』という噂が広まってしまうことも知らないまま、謹慎明け初日の夜は更《ふ》けていった。

『会議は踊る、されど進まず』

そんな名言を言ったのは誰だったか。

私が口走った口伝《くでん》を解明するための有識者会議は、朝一に始まったにもかかわらず、正午近くになった今でもなんら進展がない。

メンバーは、龍神信仰に詳しい学者、神殿や礼部などの各部署の代表高官。そしてなぜか四夫人の生家である四家からも宗主が出席。早い話が、偉い人全員だ。

紗幕《しゃまく》の奥で会議の様子を見ていた私は、本日何度目になるかわからない大あくびを噛み殺す。

ちなみに横の長椅子に寝そべっていたはずの陛下は、「面倒なことは一気にやるに限るわ」と言い、持参した別の書類に目を通している。

覚えていないことを延々と根掘り葉掘り聞かれ、いい加減私も飽きてくる。すると、金礼部尚書が声を張り上げ始めた。

「そもそもあの口伝《くでん》が龍神の神託であるという確証はない。失礼ながら、殷煌陛下のご寵愛を得んがための、香稀妃様の自作自演とも考えられる。皆様、いかがお思いか！」

「稀妃様が口伝《くでん》を捏造《ねつぞう》したと言われるのか？　しかし、それならばなぜ『龍の珠』が反応したのだ」

「そうだ。もとより香稀妃様は陛下の寵姫《ちょうき》であらせられる。捏造《ねつぞう》する必要はないのではないか」

「しかし、稀妃様のあの口伝《くでん》が神託だとすると、皇族以外で龍のお告げを聞いた初めての事例となる……」

かすれた声に、場が静まる。

ああ、めんどくさい。捏造《ねつぞう》なんてするはずがない。けど、神託なのかと聞かれても私にはわからない。

「香稀妃様にご質問申し上げます」

また一人、紗幕《しゃまく》の前に出てきた。服装からして学者みたいだ。

「香稀妃様のご記憶にあらせられる部分をもう一度、お話し願いたいのですが」

「幾度尋ねられても、答えは同じですよ」

うっすらと覚えているのは、抱きとめてくれた陛下の衣装と、色鮮やかに光った『龍の珠』だけ。

そう伝えて盛大に溜息をつく。このバカバカしい問答が嫌になって会話を打ち切ろうとしたところで、初めて違う質問をされた。

「ご無礼を承知でお尋ねいたします。『龍神の娘』として印東国に降り立ち、香稀妃様はたくさんの書物をご覧になったと思います。例えばその中で、口伝《くでん》を見た可能性というのはないのでしょうか」

（へ……？　ええと、どういうこと？）

戸惑う私を見て、陛下が揶揄《やゆ》するようにさらりと牽制《けんせい》してくれる。

「今から口伝《くでん》が書かれた品物を捏造《ねつぞう》するのは簡単よね。それらしく書いた紙を挟めばいいだけだもの。そうして今度は、香稀妃はただ読んだだけと言って騒ぐつもり？」

「いえ、違います」

意外にもきっぱりと否定された。

「ふうん？」

「我々も学者としての矜持《きょうじ》がございます。香稀妃様がご覧になった書物に、はっきりとした形で口《く》伝《でん》が残っていれば事前に気がつくはずです。私が申し上げておりますのは、異世界の言語で書かれていた可能性があるということです」

「えと……？」

その言葉を聞いて、人々がどよめく。陛下も、さすがに不審そうな顔で身体を起こした。

「つまりアタシたちが文字として認識できないものを、この娘が読んだということ？」

「左様でございます。とはいえ、異世界の言語で口伝《くでん》が書かれておりましたら、我々も読めずとも気がつきます。しかし書物の図表や挿絵、壺や掛軸などに文字に見えない形で書かれていましたら、我々には気がつくことはできません」

思わず考える。

私は自分が口走った口伝《くでん》を、この世界のどこかで以前目にしていた可能性がある？

「言っていることはわかります。可能性としてはゼロではないと思いますが、こちらに来てから母国語を読んだ記憶はないですよ？」

「しかし式典の最中の出来事を詳しく覚えていらっしゃらない。そして龍神からお告げを受けた記憶があるわけでもない。そうですよね？」

「ええ。龍が私に話しかけてきた記憶はないです」

嫌味のつもりで言ったのに、我が意を得たりとばかりに頷かれる。

「私は宝珠に共鳴があった以上、香稀妃様の口伝《くでん》は捏造《ねつぞう》ではないと考えます。しかしそれは陛下のように龍神からのお告げではなく、どこかで目にしたものだという可能性は捨てきれないと思っております。この場合、異世界の言葉ですから我々は捏造《ねつぞう》できません」

「まあ確かに捏造《ねつぞう》は無理ね」

横から陛下も同意する。

「無意識というのは恐ろしい力を秘めています。ご本人が意識せずに読んでいたものが、知らず知らずのうちに強く心に残っていたというのもありえる話です。どうか香稀妃様がこちらに来てからご覧になられたもの全てを、今一度、再見願いたく存じます」

言い切る学者と、ざわめく男たち。

（そりゃ無理だって！）

呆れる私の前で、「確かに！　それはありえますな！」と、一縷《いちる》の望みとばかりに賛同する人間が出た。

だが、本当に異世界の言葉で書かれたものがあったとして、今度はどうしてそれが存在したのか、という問題が出ると思う。

けれど、彼らにとって、龍帝以外がお告げを受けたという可能性を否定することのほうが大事なようだ。

あれよあれよという間に、古美術品の鑑定を求める声が上がり始める。

それに答えたのは私ではなく、陛下だった。

「アンタたちの言い分はわかったわ。ただし！　見せたいものを一部屋に集めなさい。まさか、個々に香稀妃の屋敷を訪ねて、それぞれ鑑定してもらうつもりじゃないでしょ。第二回目の有識者会議は、その鑑定が終わるまで待つことね」

陛下が音を立てて、煙管《キセル》を置く。それが合図だったのだろう。進行役を務めていた廷臣が重々しく声を張り上げる。

「本日の有識者会議はここまでとする！」


(しんどい……)

有識者会議のあと、陛下と一緒に景翠宮《けいすいきゅう》に向かった。

その際、出席者たちが私の近くまで来て「香稀妃様のお気持ちを乱すようなことを申し上げ、誠《まこと》に申し訳なく思っております」と口々に謝り、すり寄る。

言い方は悪いけど、阿《おもね》るような態度が気持ち悪い。

私にそんな態度をとる理由は、龍神信仰のなせる業《わざ》か、それとも陛下の寵姫《ちょうき》モドキだからか……

(はあ……。しんど)

椅子に座り円卓に突っ伏すと、大きく溜息をつく。

陛下がこの建物にこもる理由が今ならわかる。景翠宮《けいすいきゅう》は他の館よりもずっと小さいけど、人の目から逃《のが》れられるのだ。

「アンタがそんな風になるのは珍しいわね。よほど有識者会議が辛かった？」

「辛かったっていうか、みなさんの態度が気持ち悪かったです」

そう吐き捨てるように言った私に、陛下がくすりと笑みを浮かべる。

「でしょうね。気持ちはわかるわよ」

いつもの皮肉っぽい口調じゃなく、心底同意するといった様子に驚いてしまう。

「龍神の覡《かんなぎ》は天の人——そう思っている人間は、アタシが黒と言えば黒だし、白と言えば白になるのよ。そうやって思考を停止する人間は馬鹿だわ。気持ち悪いったらありゃしない」

まさか陛下がこんな風に自分の皇帝業を考えているとは思わなかった。

陛下が常日頃言っている、『アタシ、馬鹿は嫌いよ』っていうのは、この気持ち悪さからきてるのだろうか。

「でも陛下は確かに龍神のお告げを聴けるじゃないですか。みなさんが信仰する気持ちもわからなくはないです」

「アタシは声を聴くだけ。もしアタシが生き神だったら、そもそも天候じゃなくて直接食料を産み出すわよ。人事を尽くして天命を待つこと以外できない以上、アタシは只人《ただびと》なのにねぇ」

「……」

なんとも言えずに黙った私に、陛下は何を思ったのか、急に立ち上がる。

そして円卓に突っ伏している私に、お茶を淹《い》れてくれた。桂花よりもさらに洗練された仕草に見《み》惚《と》れていると、小さな茶杯を差し出される。

「ホラ、アンタに倒れられると困るのよ。相変わらず、顔あんまりよくないわ」

「陛下。顔じゃなくて、せめて顔色って言ってください」

陛下は毒を吐かないと死んでしまう生き物なのかもしれない。けれど、手ずから淹《い》れてくれたお茶は素直に嬉しい。

居住まいを正して、手にした茶杯を乾杯するように持ち上げる。

「ありがとうございます。陛下も皇帝業、お疲れ様です」

私の言葉に絶句した陛下の前で、茶杯に口をつける。

(あ、すごい、美味しい……)

口当たりはふわりと甘く芳醇《ほうじゅん》で、スッキリとした後味が残る。

この国に来て——いや、異世界で飲んだお茶の中で、間違いなくこれが一番美味しいと思った。

一国の皇帝陛下が飲む品だから最高級茶葉なんだろうけど、一級品にありがちな、複雑で気取りすぎる感じがない。それどころか、すっと舌に馴染《なじ》む味はなんだか懐かしさすら感じた。思わず顔を上げ、目をまんまるにして陛下に尋ねる。

「これすごく美味しいんですけど、なんか怪しいお茶ですか?」

なぜかさっきから放心したように私を見ていた陛下が、その言葉を聞いて我に返る。

「アンタって……、ほんとに、なんでそういう物言いしかできないのよ」

俯《うつむ》いて、片手で顔を覆《おお》いながら笑い出す。

(陛下……？)

クスクスと笑っているのに、なんだか泣いているような不思議な印象を受ける。

けれども顔を上げた陛下は、先ほどとはまた違った様子で綺麗な笑みを見せた。

「まったく、とんだ狸《たぬき》ね……」

冬の澄んだ空のような、晴れ晴れとした笑み。その表情に、時を忘れてしばし見惚《みと》れた。

「アンタ、減らず口叩かないと病《やまい》にでもかかる生き物なの？」

(それ、私のセリフじゃないのかな)

なんか釈然としないけど、ここは素直に謝っておく。

「すみません。あまりにお茶が美味しかったので……」

「まぁ気に入ったならよかったわよ。アンタの好みに合わせて用意させた茶葉だからね」

そう言われ驚いた。

(そうだ。これ、日本の緑茶とよく似てるんだ)

私が飲んでいたお茶は、この茶葉よりもずっと安いものだけど、それでも似て非なる『印東国のお茶』ではなく、『日本の緑茶』の味がした。

(緑茶のことなんて話してないのに、なんでわかったんだろう)

でも不思議とそれを聞く気にならず、しばらく無言でお茶を楽しむ。

さっきのなんとも言えない不快感が薄れて、代わりにこそばゆいような、温かな感情で満たされていくのがわかった。

そうしてやっと、今日の有識者会議を冷静に思い返す。

「でもありえないですよね……。今まで見たものの中に、異世界の言葉がまじっているだなんて」

「でしょうね」

「なら、なんでそんな面倒なことを許可したんですか？」

「あいつらを納得させるためには、一度は鑑定の席をもうける必要があるわ」

きっぱりと言いきる陛下には、何か考えがあるのだろうか。そう思って首をかしげる。

「さすがに鑑定が面倒だからといって脱走はしませんけど、無駄になりませんか？」

脱走という言葉に反応したのか、ちょっと嫌そうな顔をしてから陛下は煙管《キセル》で一服する。溜息代わりに細く紫煙をたなびかせながら、こう言った。

「アンタはあと一年でいなくなる人間。そうでしょ」

目の前でピシャリと扉を閉められたような言葉に、困惑しながらも頷く。

「正直、アンタがあの口伝《くでん》を口にして、宝珠に反応があった以上――このまま素直に市井《しせい》に降りるのは難しいわ」

彼の言い分に息を呑む。

「もしそんなことをしたら、アンタの命が危ない。そこまでは理解できるわね？」

「龍のお告げを聞いたかもしれない女が市井《しせい》にいたら――殺される？」

「それか無理矢理子供を作らされて利用されるかね。なんにせよ曖昧《あいまい》なままにしておくと、まずいと思うわ」

淡々と伝える陛下の眼差しは静かだ。

足元からせり上がる恐怖を必死に押し殺す。

（そうだ。異世界で暮らすって、こういうことだ。たった十年うまく生きてこられたからって、どうして慢心したんだろう）

直感的に、ここから逃げ出したいと思った。

それでもそんなことをして、陛下が『「龍の娘」は皇帝を見放した。もはや皇帝に「龍の加護」はない』と言われるのは、本意じゃない。

顔色をなくした私に、「悪い。驚かせすぎたな」と、なだめるような低く柔らかい声がかかる。

「これでも一応、お前を解放してやりたいとは思ってるんだ」

「え……？」

「こんな伏魔殿《ふくまでん》で生涯を過ごすことはない。そのために、俺もできることをする。だからお前も少しは協力をしろ」

――俺の前から勝手に消えるな。

そう言って笑う陛下に泣きたい気持ちになる。

いつもの茶化した男言葉ではなく、落ち着いた男性口調なのは、多分これが彼の本心だからだ。

そして、ここが伏魔殿《ふくまでん》だと断言し、誰より解放されたいと願っているのも、きっと陛下自身なんだ――

(ねぇ。なんで陛下は、私を利用しようとしないの?)

幾度も胸に去来した疑問が湧き上がる。

外の世界の危険性を説いて、私を手元に置いておいたほうが皇帝業の役に立つはず。なのに、彼は私を解放したいと言って笑ってくれる。

今まで、こんなことを言ってくれる人なんて、どこの世界にもいなかった。

(陛下のことを考えると、胸が苦しいよ)

青い霞《もや》がかかれば、気持ちはスッと楽になる。それでも自然と心は彼の一挙一動に向いてしまい、また苦しさが増していく。その繰り返し。

そうして、もやもやとした気持ちは、粉雪のように降り積もる。この気持ちが溶けたら、私は一体どうなるんだろう。

(こんなの知らない。――こんなの、知らない)

そのあと、陛下と一緒にとった昼食の味もよくわからず、悄然《しょうぜん》としたまま屋敷に戻った。

そんな私を待っていたのは、白貴妃の私的な訪問だった。

「香稀妃さまにご挨拶いたします。本日は突然の来訪にもかかわらず、ご快諾していただきありがとうございます」

「楽になさってください。――というか、白貴妃様! それは駄目です。それでは私が陛下の正妻になったみたいです」

膝をついて挨拶しようとした白貴妃を止めて、椅子をすすめる。

「昨日の朝礼では形式的なご挨拶しかできませんでしたので、一度きちんとご挨拶させていただきたいと思いましたの」

そう言ってはんなりと笑う。

「わざわざご丁寧にありがとうございます」

「ただ、申し訳ありません。先ほどまで、香織さまが有識者会議に出られていたと伺いました。きっとお疲れのところに押しかけてしまいましたわね」

「いえいえ。大丈夫です！　むしろ白貴妃様がいらしてくださったおかげで、針仕事から逃げる言い訳ができました」

手を横に振って慌てて言い募《つの》ると、白貴妃が小首をかしげる。

「もしかして針仕事というのは、飛龍の壁掛けの修繕でしょうか？」

斎宮と渡り廊下の壁掛けが一切なくなっている状態だから、後宮でも噂になっているらしい。

「はい、すみません。早く直したいとは思っているのですが、あまりにも量が多いので……」

だんだん小さくなる声。愚痴《ぐち》る相手ではないとわかっていても、全体量の多さを思わず嘆いてしまう。すると――

「まあ。でしたら、もしよろしければわたくしたちにもお手伝いさせてください。きっとお役に立てると思いますわ」

と、ニコリと笑われてしまう。

「え。でもあれ、私がしないといけないものですよね？」

桂花や女官さんたちは一切手伝えない品物だと、再三言われた。それについては肯定の言葉が返る。

「はい。確かに格の高い品物の中には、妃嬪《ひひん》が直々に針を刺さないといけないものもあります。ですが、わたくしたちとて妃嬪《ひひん》。香織さまだけが行う必要はないのです」

（本当に!?）

途方に暮れていた問題に希望が見えて、思わず前のめりになってしまう。一条の光が差し込んだような気持ち。でも、本当に手伝ってもらっていいんだろうか。

「……本当によろしいのでしょうか？」

「もしよろしければ、次回の朝礼時に有志を募《つの》りますわ。香稀妃さまがお一人でなされるよりは、ずっと早く終わると思います」

その言葉を聞いて、鬱々《うつうつ》とした気分がぱあっと晴れる。それと同時に、今更のことに気がついた。

（なんで白貴妃は、こんなに私に好意的なんだろう）

思い返せば、最初の頃からそうだった気がする。何か企《たくら》んでいるわけでもなさそうだし、何か理由があるのだろうか。不思議に思ったので、直球で聞く。

「非常にありがたいお申し出なんですが……白貴妃様は、どうして私によくしてくださるんですか？　これまで後宮を治めてきたのは白貴妃さまですのに」

すると、困ったように首を傾げられた。

「それはもちろん、殷煌陛下の寵姫《ちょうき》であらせられる香織さまが――」

「あ、そういう建前はなしにしましょう。立場上、私を下位に置くことはできなかったと思うんです。けれど四夫人相当でお茶を濁《にご》し続ければよかったのに……とも正直思います」

きっぱり言い切った私に、白貴妃は少し逡巡《しゅんじゅん》してから首肯《しゅこう》した。

「そう……ですわね。でも、先ほどの言葉は半分以上が本当ですのよ」

「え？」

「香稀妃さま。貴女にとって、陛下はどんなお方でしょうか」

「陛下……ですか？」

突然変わった話題に、困惑してしまう。

さっきの出来事が頭を過《よぎ》り、とっさに答えられない。以前は、美貌の毒舌オカマ陛下としか思っていなかったはずなのに。

言葉を選んで考え込む私に、白貴妃は遠い日を懐かしむようにゆっくりと話し始めた。

「わたくしは、男であれば国の中枢を担い、女であれば陛下の後宮に貴妃として入ることが決まっている――そんな白家に生まれつきました。陛下の後宮の中でも最古参になります。ですから、陛下のお渡りのない後宮にいる意味を、若い時分はずっと考えていましたわ。こんな恥辱《ちじょく》をなぜ味わうのかと、陛下をお恨みした頃もありました。そうして入宮して三年目、ついに陛下に詰め寄ったのです」

『陛下は、なぜ後宮に足を運んでくださらないのですか!』

『アタシ、馬鹿は嫌いよ。アンタはなんで後宮に来たの?』

『それはもちろん、陛下のためでございますわ。後宮にいる全ての女は、陛下のためにいるのです』

『ハッ! それ本気で言ってるの? 罰さないから素直に言いなさい。——自分のため? 家のため? 国のため? きちんと考えてごらん』

『わたくし、わたくしは……』

『それとも、アンタは子供を産むだけの女として後宮に来たの? 馬鹿じゃないなら自分で考えなさいよ』


「結局、わたくしは答えられませんでした。馬鹿ではないから答えられるはず——そう思ってたくさん考えたのですが、言葉が出ませんでした。わたくしは人の立場に立って物を考えるということを、一切したことがなかったのです」

「それは白貴妃様のお立場では、当然かと……」

一国の公主同然で生まれた彼女は、緩《ゆる》やかに首を横に振る。

「わたくしなりの答えを出せるまで、陛下には会えないと思い、焦りました。そのときに気がついたのです。わたくしは夫である陛下のことを何も知らないのだと……」

そこで、彼女は陛下の真似をすることから始めたらしい。

「陛下の着こなしを真似したり、朝礼に行かない行動を真似してみたり……けれども全く何もわかりませんでした。今思えば当たり前ですわよね。次にわたくしは、陛下の幼少時を知る女官を見つけました。そして、『陛下が育った館へ連れていってほしい。しばらくわたくしも同じように過ごしたい』と詰め寄りましたの」

今からは想像できないが、結構やんちゃな娘時代だったらしい。

「そうして無理矢理連れていってもらった場所は、わたくしの想像とはかけ離れたものでした。古くて最低限の手しか入っていない日の当たらない館。そのほとんどは書庫で、人の住む場所はほんの一区画のみ。調度品も最低限で、到底、陛下のお住まいとは思えませんでした……。けれど、そこで一晩泊まりました」

「え！　泊まったんですか⁉」

「ええ。けれども錦《にしき》の布団も寝台もないので、寒くて怖くて眠れなくて。ずっと陛下とわたくしのことを考えておりました。もはや意地ですわね。——そうしましたら、明け方になって、陛下が目の前にいらしたのです。どれだけお待ちしても来てくださらなかった陛下が、初めてわたくしのために来てくださったのです」

『で、アンタここで何してんのよ』

『それはもちろん、陛下のためでございますわ』

『アタシ、馬鹿は嫌いって言ったでしょ。それでアンタの答えは出たの？』

『はい。たった今、わかりました。――後宮にいる全ての女は、陛下のためにいるのです』

『何よそれ。先日と全く同じ答えじゃないの』

『わたくしたちが後宮にいるだけで、臣下は陛下に忠誠の証《あかし》を示せます。諸外国に、ご威光を示すこともできましょう。もしお子を授かることができたら、未来にも繋がります。仮にお子ができないままでも、陛下のお心をわたくしたちで癒《いや》せるのなら、望外の喜びです。――ですから、陛下が後宮に足をお運びにならなくても、いいのです』

『アンタ……。そもそもなぜ後宮に来ないかっていう苦情だったわよね、これ』

『わたくし、馬鹿ですから時間がかかりました。後宮は陛下の花園です。摘むのも眺めるのも足を運ばないのも陛下の自由です。けれども、存在している。それだけで陛下のお役に立っていると、わたくしは思ったのです。だから先日と答えは変わりません。けれども、もう後宮にお渡りがないのを嘆くのはやめます』


「わたくしの言葉に、陛下は少し驚かれたようでした。そのときの陛下の眼差しは、わたくしの家でも身分でもなく、わたくし自身を見てくださったと信じております」

白貴妃は、そこで一度言葉を区切る。

「香織さま。貴女が後宮のことを何も知らなかったように、わたくしも先帝時代の凄惨《せいさん》な後宮の様子など何一つ知らなかったのです。そんなわたくしも今は、陛下のお渡りがなくとも、後宮全体が陛下の自慢となるようにありたいと思っております。そして、萎《しお》れる花がないよう、後宮の長姉として見守るのが、わたくしに与えられた使命と思っておりますの」

そう締めくくり、照れくさそうに笑う白貴妃。それでわかった。

（ああ。白貴妃は、陛下に恋をしているんだ――）

それは静かな衝撃だった。言葉をなくした私に、白貴妃が居住まいを正す。

「香織さま。貴女はわたくしたちの花園に迷い込まれた、小鳥のようなお方。生家という大地に縛られることなく、陛下にお声を聞かせることができるお方。どうか陛下のお心を癒《いや》して差し上げてください。そして、この花園が香織さまにとっても居心地のいい場所になりますよう、願ってやみませんわ」

そう微笑み、一礼して立ち去っていく。私はその背中を静かに見送った。

見えないところでずっと陛下を支えてきた白貴妃は素敵な人だ。陛下の横に立つべきなのは彼女みたいな人だろう。そう思う。

（なのにどうしてこんなにも胸が痛むの……）

青い靄《もや》が胸の内を凍らせるまで、成す術《すべ》もなく宙を見つめていた。

＊　＊　＊

闇《やみ》がひたひたと満ちていく。

どこまでも続く、深い闇《やみ》。その中で、私は夢を見ていた。

いつの頃からか、もうずっと見ている同じ夢だ。
暗闇《くらやみ》に浮かぶ私と、異世界が閉じ込められた絵本。そして無邪気で残酷な童歌《わらべうた》。
異世界に行くたびに増える絵本の数は、気がつけばもう五冊目だ。

『次の世界はどこにしよう』
『今度の絵本は何にしよう』

どこまでも深い闇《やみ》に響き渡る童歌《わらべうた》。
（もう嫌だ。もうどこにも行きたくない！）
叫ぶ私の声に、闇《やみ》の中でのたりと龍が蠢《うごめ》く。
いつもと何ら変わらない夢で、いつもと違うことを、ふと思う。
闇《やみ》に蠢《うごめ》く龍、貴方は一体誰。

そして、私は一体何。

＊＊＊

「姫さま。大丈夫でございますか？　最近お疲れが溜まっているようですが……」

「うんー……」

後宮の自室で、桂花たちに服を着せてもらいながら、あくびを噛み殺す。今日は美術品の鑑定日だ。

「なんか最近、夢見が悪いんだよねえ」

内容はぼんやりとしか思い出せないけど、星のない宇宙にぽっかりと浮かんでいるようなイメージが脳裏に浮かぶ。その次に、まるで鎌首をもたげた蛇みたいな龍を思い出す。

この世界に来てから毎日のように龍神がどうのって話を聞いているから、潜在意識にすり込まれたんだろうか。どうせ見るなら肉まんの夢とかのほうがいいのに。

「夢……ですか？」

「うん。前にも似たような夢を見た気がするんだよ」

首を左右に傾けて肩を回す。肩こりがひどく、頭も少し重い感じがする。

「では夢占いをなさるといいかもしれませんね。連日見るのなら、普通の夢ではないのかも」

手際よく着付けてもらい、最後に絹団扇《きぬうちわ》と帔帛《ひはく》を渡される。服装の色合い自体は華やかだけど、意外と簡素な支度だ。

（陛下と一週間ぶりに会う日だし、いつもならこれ見よがしに着飾られるのに）

おやと思って首を傾げる。女官さんたちも、手に簪《かんざし》や髪に飾る花を持ったまま戸惑った表情だ。

けれど桂花の顔を見ると深く頷き、一礼して部屋を退出していった。そのあとは桂花に促《うなが》されて輿《こし》が待つ門へ向かう。

「姫さま。妃嬪《ひひん》の皆様のご協力のもと、飛龍の掛け布も直ってきました。顔色もよくないですし、しばらく仕事はお休みなさったらいかがですか？」

「確かにだいぶ終わったもんね。ほんとに白貴妃様々だわ」

ここ最近、白貴妃の声がけで集まってくれた妃嬪《ひひん》たちと一緒に、針仕事をしている。私が一つ仕上げる間に他の人たちは五枚も直せるんだからすごい。それが複数人いるおかげで、サクサク進んでいる。おかげであと一、二回で終わりそうな勢いだ。

そんな話をしながら門のところまで行くと、いつもの顔ぶれと一緒に、見知った顔の兵士さんたちを見つけた。内廷西地区の兵士さんたちと副長さんだ。

「いつもありがとう」

声をかけながら輿《こし》に近づくと、はにかんだ笑顔を返される。本当はここに男性兵士は入れない。けれども信仰厚い人々の濡れたような瞳に疲れ果てた私を慮《おもんぱか》り、陛下が特別に彼らを付けてくれたのだ。

（きっと、陛下自身もこの目を向けられるのが辛いんだろうな）

私を見ているのに、私自身を見てもらえない気持ち悪さは日に日に肥大化している。でも兵士さんたちが周りを取り囲んでくれているおかげで、それが少し楽になった。

「我々こそ『龍神の娘』の護衛なんて光栄です。団長が――いえ、崔将軍も香稀妃様がお元気かどうか心配しておりました」

副長さんがエスコートをするように手を貸してくれた。

（こんなによくしてもらってるのに、一時期は妙に疑ってごめんなさい）

心の中で謝罪していると、副長さんがふと気がついたように、私を見つめる。長めの前髪をさらりと揺らしながら、形のいい眉をきゅっと寄せた。

「今日は鑑定をなさると伺いましたが、お顔色が悪いです。どうぞご無理のないように……」

「え？　あ……、はい、気をつけます」

副長さんにも気づかれるなんて。あんまり自覚してないけど、よっぽどひどいんだろうか？

そう思って尋ねようとすると、私たちの間に桂花が入ってくる。あまりにも露骨な阻止にちょっと驚いた。

でも後宮で男性と親しげに話すのは、問題があるので仕方がない。副長さんも苦笑しながらきっちりと後ろに下がる。

「ささ。姫さま。陛下がお待ちであらせられます。参りましょう」

「香稀妃様、ご出立！」

後宮に宦官《かんがん》の声が響いた。


「うわっ、すごい量ですね」

書簡。掛軸。壺。並べられた品物の多さに驚く。宴会場にもなる広間にずらりと並べてあるんだから、その量は推して知るべし。半日くらい掛かりそうだ。

「一度で済ませろって言ったからね。並べられるもの全部並べたんでしょ。見やすいものからサクサク進めましょ」

「了解です」

陛下とその側近たちが見守る中、ざっと目を通していく。

「人に見せられないような希少なものは、奥の別室にあるらしいわ」

「そんな貴重なもの、私が目にしたとは思えないんですけどねぇ」

「神殿の奥とかにあったものでしょ」

「それを言うなら、景翠――もがっ」

景翠宮《けいすいきゅう》の中のもののほうが怪しいんじゃないだろうか？

そう口にしようとしたら、陛下に口を塞がれた。しかも後ろから腕を伸ばされたもんだから、まるで腕の中に抱きしめられているような体勢だ。

「おだまり」

「ふがが、ふがふがっ……！」

目で抗議すると、鼻で笑われ、手を離される。

後ろには、お付きの人たちが固まっているのが見えた。

「さっさと終わらせなさい。この狸《たぬき》」

「狸《たぬき》じゃないですー」

小さく苦情を言う私を無視して、陛下は後ろに視線を流す。

「それとお前たち。もう少し後ろに下がりなさい。べったりと張り付かれたんじゃ、やりにくくって仕方がないわ」

「も、申し訳ございませんっ！」

そこからは無言でサクサクと進める。

いつでも私の失言を防げるようにか、陛下が私の真後ろにいるので、集中するしかない。

そうして何時間経ったのだろう。ようやっと大半の品物に目を通し、大広間の反対側の壁にまでたどり着く。そこで、陛下がものすごい不機嫌な空気を出していることに気がついた。

「……陛下。大丈夫ですか？　一度退席しても構いませんよ？」

古い冊子を見ながら声をかける。

「何よ、アンタ。それ一体どういうこと」

「え。ここ火気厳禁だから苛ついてるんじゃないんですか？　だったら一服してから戻ってきてくださいよ」

もう、ヘビースモーカーはこれだから……。そう思って視線を陛下へやると、憮然《ぶぜん》とした顔で見つめ返される。

「ほんと、アンタってわけわかんないわね」

「え。そうですか？　最近の陛下は結構わかりやすいです」

「ハア!?」

素《す》っ頓狂《とんきょう》な声を出した陛下を無視して、最後の書物に目を通す。

（うん。もちろんこれにも、異世界の言語なんて隠されてません）

「はい、終了です。じゃあ奥の部屋も見てきますね。陛下も行かれますか？　それとも一服してきますか？」

「……狸《たぬき》を放置していけないわ。お前たち、ここから先は秘蔵の書が多いから、ついてこなくていいわ。殿舎《でんしゃ》の前で待ちなさい」

「はっ」

彼らは陛下と、なぜか私にも平伏してから立ち去った。

「じゃあ行きましょうか」

促《うなが》されて奥の部屋に進む。そこは薄暗い屋根裏部屋のような小部屋だった。

広間と同様、大量の鑑定品が並んでいるのを覚悟していた私は、肩透かしを食らった気持ちになる。だって部屋には小さな棚と小ぶりの文机《ふづくえ》が一つしかない。

天窓から差し込む光に照らされ、部屋の中央に置かれた文机《ふづくえ》が、静かに佇《たたず》んでいる。

慎重に棚から竹簡《ちくかん》を手にとり椅子に座った。

(これ、すごい。今まで見た中で一番古い竹簡《ちくかん》だ……)

糸が切れないようにそっと開く。中身に目を通す私の耳に、かちりと扉の鍵のかかる音が聞こえた。

「アンタさ……、なんで今まで黙ってたのよ」

「え？　何をです？」

顔を上げると、陛下は後ろ手で扉を閉めたまま、静かにこちらを見つめている。先ほどの不機嫌

さはなりを潜《ひそ》めていたものの、寄せられた眉には、彼の葛藤《かっとう》が滲《にじ》み出ていた。

「ずっと不思議に思ってたのよね。アンタ、不自由なく印東国の言葉を話してるけど、実は文字も自由に読めるんでしょ」

ずいぶん唐突な質問だな、と思った。

「え。私の書字の課題、見たことないんですか？　陛下」

笑いながら意識を竹簡《ちくかん》に戻す。

「ミミズがのたくったみたいなのは見たわよ」

「うわ、ひどい」

あれだって結構頑張ったんですよ？　そう文句を言いつつ、二本目の竹簡《ちくかん》を開く。

「アタシは、アンタが書けるとは言ってないわ。でも、ただ読むだけなら自在にできるんじゃないの？　それも、印東国語だけじゃなく、他国語も、今手にしている古代文字も全て」

「……なんでそう思ったんですか」

手を止めて顔を上げた私を見て、彼は目を細める。

「以前、景翠宮《けいすいきゅう》の掛軸の文字を目で追っていたことがあった。あれは読める者の仕草だわ。それに、さっきの広間でも古い文字の書簡を見ながらアンタ少し笑ったのよ——まるで完全に文章が理解できているみたいにね。明貴の講義で習ったとしても、そこまで覚えたとは思えないわ」

確信があるのだろう。ごまかしは通用しない雰囲気だ。

「アンタ、話す言葉も書かれた文字も、理解できない言語ないんじゃないの？」

「……私が答えたら、陛下も一つ答えてくれますか？」

「アタシで答えられることなら」

その答えに、天井を見上げ溜息をつく。

（十年誰にも指摘されなかったのに、どうして彼は気がついたんだろう）

開いていた竹簡《ちくかん》をそっと閉じた。

「陛下の言うとおりです。私、異世界の言葉で苦労したことはないです。どの世界でも話せるし、読むのも問題なくできます」

「なるほどね……。正直、あまりに書くのが下手だったから、半信半疑だったのよ」

伊達《だて》眼鏡をかけ始めたのだって、それが理由だ。目は口ほどにものを言う。だから目の動きが少しでもわかりにくいようにかけ始めた。

異世界では異端児ゆえに。元の世界では、数年ぶりに会う身近な人に不審に思われないように。そうしてかけ始めた伊達《だて》眼鏡は、今ではもう手放せない。

ヘラヘラ笑って、ごまかして。そうして何年も過ごしてきたのに。

「でも――それに気がついていたのに、なぜ今まで私に聞かなかったんですか？」

「どういうこと？」

「他のこともそうです。なんで陛下は私に異世界の知識を聞かないの？　だって私、便利でしょう？」

きっと彼は長いこと私に聞きたかったのだろう。でも、それは私も同じ。私だってようやく聞ける。

「ずっとずっと不思議だった。なんで陛下は、私を利用しようとしないんですか？」

多分、世界のありとあらゆる文字が読める。話ができる。それだけでも役に立つはずだ。その上、他の世界の知識の中には、印東国の役に立つものだってたくさんある。

別に利用してほしかったわけじゃない。むしろ、使われたくないからこそ、文字が読めることを隠してきたのだ。

けれど徹頭徹尾《てっとうてつび》何も聞かない陛下は、君主としてはあまりに異質な存在だった。

「利用してるじゃない。そのための契約でしょ」

「そうじゃなくて！」

言葉を募《つの》ろうとする。それを止めたのは、深い絶望を湛《たた》えた静かな瞳だった。

「アンタの知識に頼らなかったのは、アンタの存在が、龍の声と一緒だからよ」

「え？」

「他国の文化や文明の知識なら、君主として知りたいわ。アンタの知識だってうまく使えば素晴らしい成果をあげる――それは否定しないわ。けれど異世界の知識は本来なら手に入らないもの。取扱要注意の劇薬みたいなものよ。それを安易に使うわけにはいかないわ」

「……っ」

「人間は簡単に堕落する。龍神信仰が人々の思考を奪ったように、お前の知識は必ず猛毒になる物だ」

最後は口調を取り繕《つくろ》うこともせず、陛下はそう淡々と答えた。

その言葉に、思わず顔を覆《おお》う。

ショックだったからじゃない。私がこの十年、誰にも相談できないで抱えていた葛藤《かっとう》を、彼が理解してくれたからだ。なんだかどっと疲れが出て、ぽつりと呟く。

「私の知識や存在が猛毒なのは、私もそう思う。……でも龍の声まで猛毒なの？」

「猛毒だろうな。それどころか死に至る病《やまい》を次々と生み出す悪魔の薬だ。――そしてそれを扱う俺はさしずめ死の商人か」

力ない言葉に返る肯定。国民の飢えを満たし、命を救う力を彼は今、昏《くら》い瞳で『猛毒』と言う。

その姿に長年の苦悩を見た気がした。

（きっとこれが本来の陛下……）

私が伊達《だて》眼鏡で自分を隠していたように、彼もまた、華やかな衣装の下にたくさんのものを隠してきたのだろう。

（少なくとも陛下は天の気を読む自分の存在を憎み、疎《うと》んでいるんだ）

私は天候を知ることが難しくない世界で生まれ育った。天気予報で今後の天候がわかったとしても、それで災害が防ぎきれるわけじゃないことも知っている。

けれど、人が持てない『一の知識』を知る者は、人から見れば『千の知識』も『万の知識』も持っているように映る。そしてその知識で人を救えば救うほど、救われなかった人々の嘆きは深くなる。

『それができて、なぜ私の子供の病《やまい》は救えないのだ』

『どうして山火事を防いでくださらなかったのか』

奇跡を起こして当然の存在。そう思われて生きていくのはどれほど辛いだろう。

言葉をなくした私に、陛下は苦笑いを浮かべる。

「――前に、『皇帝業』って言ったよな」

『皇帝業、お疲れ様です』

そう言って陛下に淹《い》れてもらったお茶を飲んだことを思い出す。

「少し衝撃だった……。皇帝をただの職務の一つだと表現する人間がいるなんて、考えたこともなかったからな」

低い声で自嘲《じちょう》気味に言う陛下。それを聞いて、なんだか泣きたい気持ちになる。

「お前は逃げられるんだから、さっさと逃げろ。こんな異常な世界に付き合う必要はない」

「陛下……」

脳裏に浮かぶのは、あの濡れた瞳の人々。彼らはきっと思いもしない。自分たちが一人の人間をここまで追い詰めているだなんて。

キリキリと胸が締め付けられる。

知らない感情が私をゆっくりと呑み込んでいく。

しんどい。もやもやする。気持ちが塞ぐ。

色々な感情が渦巻いて、ようやく一つの結論にたどり着いた。

（……そうだ、怖いんだ）

陸下のことを考えると、たくさんの負の感情が私を襲う。けれど怖いのは、その根幹にある読みきれない自分の気持ちだ。

そのことに気づいたせいだろうか。この日見た夢も、悪夢だった。

しとしとと雨が降る。降り出したにわか雨を浴びて、庭の草木は嬉しそうだ。その様子を、私はぼぅっと眺めていた。

「香織殿。桂花から聞いていましたが、本当にお疲れが溜まっているようですね。顔色がひどいですが、大丈夫ですか？」

桂花から連絡を受けたのか、明貴さんがやってきた。手にはいつもよりたくさんのお菓子を持っているのが彼らしい。

「大丈夫です。夢見が悪いだけですよ。美味しいご飯とお菓子を食べたら治ります」

嘘だ。まるでヘドロのような悪夢のせいで、最近は食欲も落ち気味だ。今までどんなことがあっても食欲だけは落ちなかったのに。

「普通の女性の一人前しか召し上がられていないと伺いましたが……。何か食べられそうなものはございますか？」

「大丈夫。栄養が足りてないってことはないですよ」

まだ何か言いたそうな明貴さんを制して、言葉を続ける。

「それより、なんだか陛下の様子がおかしい気がしているんですが、何かありましたか？」

あの鑑定の日、陛下は少しおかしかった。

陛下は気難しい気分屋だと思われているけど、その実、とても思慮深い人だ。なのに、どうしてあの日の陛下は、私に『文字が全て読めるのか』と尋ねたんだろう。彼が私の能力や知識を猛毒だと思っているのなら——利用するつもりがないのなら、わざわざ確認せずにやり過ごしそうなものなのに。まるで焦っているかのようだった。

不思議に思う私に、明貴さんが微笑む。

そこで、明貴さんの機嫌が妙にいいことに気がついた。

「実は式典のあとから、宝珠の色が濃くなってきたんです」

「『龍の珠』が……？」

「はい。なのであの口伝《くでん》は本物で、そして香織殿も真の『龍神の娘』であったと、多くの人が考えを改め始めました」

それを聞いて、ぶるりと震える。龍神信仰に囚《とら》われ思考を停止させる人々の大きなうねりが見えるようだ。

絶句する私に気がつかず、夢見心地のような表情で明貴さんは続ける。

「宝珠の力が強かった時代、『龍の加護』を持つ男児が多く生まれたという文書が見つかっています。もし宝珠に力が戻っているのなら、『龍の加護』を持つ殷煌様のお子が生まれる可能性が高くなります。きっと殷煌様もそのことに深い感慨があるのでしょう。次世代の龍帝が生まれる、なんと素晴らしい……」

　以前、明貴さんは、『もし陛下と香織殿の間にお子が生まれたとしても、近年の傾向から、「龍の加護」を持つ可能性は低いでしょう』と冷静に分析していた。なのに、宝珠の色が少し濃くなっただけでこの言いよう。

「これで殷煌様も安泰です。香織殿も、もしかしたらお子を授かっているのかもしれませんから、体調不良はどんな小さなことでもおっしゃってください」

　そう言われて、慌てて止める。

「待って待って！　陛下と何もないのに、なんでそうなるんですか！」

「あ……そ、うですね。すみません。数々の奇跡を前に私も浮かれているようです。しかし、あそこまで人を近づけなかった殷煌様が、香織殿には心を開いていらっしゃる。それは何よりもありがたいことです」

　はにかんだように笑う明貴さんにゾッとし、焦って言葉を続ける。

「私は一年後にはいなくなります。だから、他に誰か素敵な人をあてがうべきじゃないかと思うんですけど……」

「確かに香織殿とはそういうお約束ですが――」

「できるだけ早いほうがいいと思います。もしかしたら、一年経たずに消えてしまう可能性だってありますし」

　その言葉にぽかんとする明貴さん。

「消えてしまうとは……？」

「今までの異世界は気がつけばそこにいて、戻るときも唐突に戻ることが多かったんです。今回は召喚されてここに来ましたが、帰るときは今までどおりの可能性もあります。ですから――」

「待ってください！」

明貴さんが悲鳴のような声を上げた。

「なぜ、最初にそれを教えてくださらなかったんですか！　香織殿が、陛下の前からいきなり消える可能性があるなど知っていたら――！」

その先は言葉にしなくてもわかった。

「そばに寄せなかったのに？」

「……っ！」

私の発言に明貴さんがハッとする。

今まで精神的に導いてくれていた明貴さんの激しい動揺に、私自身も強い衝撃を受ける。

「ええと、確かにいきなり戻される可能性はありますが……帰還の儀式をしてもらわないと帰れない可能性のほうが高いんです」

何を言っても、まるで言い訳のようだ。二人の間に、重苦しい空気が漂う。

「騙《だま》していたわけじゃないんですが……ごめんなさい」

真摯《しんし》にそう謝ると、呆然とこちらを見る明貴さんと目が合った。

私は多分、このときに初めて彼の目をきちんと見た。いつも笑っている彼の、素の顔と瞳を。

「陛下は……、このことを――」

「知っています」

「……そうですか」

明貴さんは項垂《うなだ》れたままポツリと呟く。そのあと、何を言っても上の空で、しばらくして彼はカタリと席を立った。

「すみません。今日は退席させていただきます……」

雨あがりの匂いと迫りくる夕闇《ゆうやみ》の気配。何かが変わろうとしていた。


その夜、なんとなく眠れなくて、寝台に横たわったまま天井を見上げる。

『取り返しのつかないことをした』

あのときの明貴さんの衝撃を表すなら、それが一番近いんじゃないだろうか。

けれども、私はもとより一年でいなくなることが前提だった人間だ。

明貴さんだって『あわよくば二人の距離が縮まってくれれば』とは思っていただろうけど、『二度と陛下のそばから離すつもりはない！』というほどの強い考えはなかったはずだ。

（だとすれば彼が衝撃を受けていたのは、なんだろう……）

絡まった糸を解きほぐすようにゆっくりと、思考の糸をたどっていく。

（親しくしていた女性が、『突如』消えることが問題？　そしてそれは、明貴さんではなく陛下を傷つける……？）

そういうことだろうか。でも、なぜ陛下が傷つくのだろう。

思案に暮れる私の耳が、カタリと小さな音を拾う。不審に思ってそっと窓辺によれば――

(陛下!?)

慌てて音を立てないように、格子を開ける。すると、陛下が音もなく部屋に滑り込んできた。

「陛下。どうして中庭から入ってくるんですか」

普通に館を訪ねてくればいいのに。そう思いつつ廊下側の扉から誰かが不用意に入ってこないよう、つっかえ棒をする。

「アタシが夜に妃嬪《ひひん》のところに訪ねていったら、大騒ぎになるに決まってるじゃない」

「まあ、そうですね」

先日の微妙な空気なんてなかったかのように、屈託《くったく》なく話す陛下と私。狸《たぬき》はお互い様だ。

「明貴から聞いたわ。食欲がないんだって?」

「そんなことはないんですが……」

明貴さん、どうしてました? ――そう聞こうとしてためらう。

「ほら、これ」

陛下が懐《ふところ》から小さな包みを取り出し、手渡してくる。

「人を介すと何があるかわからないから、直々に持ってきてやったわよ。感謝なさい?」

「これは?」

縮緬《ちりめん》の小さな布を開くと心地よい香りが広がる。中から出てきたのは陶磁器でできている小さな壺だ。

「見てのとおり、香炉よ。中に入ってるのは安眠香《あんみんこう》。アンタ少しゆっくり寝なさい」

目を丸くして、陛下を見上げる。

「何よ、どうかしたの？」

さらりと揺れる銀の髪。いつもより女性的な衣装に合わせたのか、今日の化粧はより華やかだ。

一筋こぼれた髪を後ろに払う仕草も、気遣いも、女性そのもの。

今日なんて本当に美女にしか見えない。――なのに、男性にしか思えないのも本当だ。

小さな香炉を抱えたままじっと彼の顔を見つめていると、ふいに苦笑される。

「わかってないくせに、そんな顔で男を見るもんじゃないわよ」

「え……？」

「なんでもない。それより、こないだは悪かったわね。少しイライラしてて、八つ当たりしたわ」

ふるふると首を横に振る。

「平気です。……あの、宝珠の色の話、聞きました」

「そう……。アタシはアンタが宝珠の力を引き出したと思っている。式典のときも、召喚のときも」

「でも――」

話しかけた唇に、陛下の人差し指が当てられる。

「眠れない夜に話すことじゃないわ。その話はまた今度」

陛下の雰囲気に呑まれて、こくりと頷く。

「香炉、ありがとうございます」

妙な憂《うれ》いを心中で払い「お気遣い嬉しいです」と続けると、「変な狸《たぬき》ね」と笑われる。

「アンタが素直だと調子狂うわ」

「む。私はもともと素直ですよ？」

「主に食欲に対してね」

(むう。そう言われると反論できないけどさ)

軽口を叩きながら、用は済んだとばかりに、窓辺に向かう陛下。見送ろうとして近づいたのに、気がついたら陛下の服を掴んでいた。

「あ、れ……？」

陛下よりも私自身が驚く。慌てて手を離すも、逆にその手を取られて笑われる。

綺麗な指先なのに、私の手なんてすっぽり隠せそうなくらい大きい——男の手だ。

「——何だ、寂しくなったのか？」

「違っ……」

「添い寝でもしてやろうか？」

その言葉に、今度こそ手を離して胸の前で抱え込む。すると、陛下は面白そうにくすりと笑った。

「仔狸《こだぬき》は狸《たぬき》らしく、あまり色々考えるな」

雲の合間から差す月光が、彼の髪をキラキラと輝かせる。まるで月の光を編み込んだみたいだ。

なんだか胸が苦しくなって、思わず俯《うつむ》く。

「いい加減狸《たぬき》っていうのやめてください」

「そうだな……。でも人語を話す狸《たぬき》も案外悪くないと、最近は思ってる」

「……っ！」

パタンとしまった窓を見ながら、なぜか私の耳が赤く燃えていた。

＊＊＊

夢を見ていた。

もう十年間、ずっと見ている同じ夢。

暗闇《くらやみ》に浮かぶ私と、異世界が閉じ込められた絵本。そして無邪気で残酷な童歌《わらべうた》。

『次の世界はどこにしよう』

『今度の絵本は何にしよう』

暗闇《くらやみ》に響き渡る、呪《まじな》いのようなその調べ。

（ここにいたくない。けれどもどこにも行きたくない）

その悲鳴を聞いて、泥濘《でいねい》をかき分けるように泳いでいた龍が、大きく身体をくねらせ私の正面に回る。

『本当か』

初めての問いに息を呑む。

『それが汝《なんじ》の本当の望みか』

青い宝玉のような双眸《そうぼう》が、ひたと私を見つめていた。

＊＊＊

「——っ！」

かすれた悲鳴を上げて飛び起きた。

震える指先と、霞《かす》む視界。上下する肩を必死に自分で抱きしめる。

身を焦がすような衝撃が身体を駆け抜ける。

（逃げなきゃ）

とっさに思った。

（どこへ？　夢からなんてどうやって逃げるの？　でも、逃げなきゃ……！）

眼鏡だけを手に混乱したまま寝台から抜け出し、まだ薄暗い未明の庭へ飛び出す。

他の世界へ行きたくないという気持ちと、ここにいたくないという恐怖心がないまぜになって、波のように襲いかかる。

（いやだ。もう嫌だ！）

（帰りたい、帰りたくない！　ここにいたい、いや違う！）

（まだなの⁉　まだ終わらないの⁉　ねえ！　早く！）

もはや自分が何を考えているのかもわからない。身悶《みもだ》えしながら朝露に濡れた四阿《あずまや》に駆け込み、荒れ狂う嵐を必死になだめる。

だからだろう。下草を踏むかすかな音に気がつかなかった。

「香稀妃だな」

「なぜ我らの動きに気がついた」

我に返ったときには顔を隠した黒衣の男たちに取り囲まれていた。

「……っ」

身体を固くして、男たちを見上げる。彼らが手に持っているのは、鋭利な剣だ。

（殺される――？）

冗談じゃない――そう考えた瞬間、手にしていた眼鏡を投げつけ、逃げ出す。

「貴様っ！」

まさかこの人数で私のいる屋敷を制圧しきったとは思えない。人が来れば助かるはずだ。

声を張り上げるために息を吸う。刹那《せつな》、電流のような刺激に襲われた。途端に四肢から力が抜け、膝から崩れ落ちる。

「な、に……」

地面には礫《つぶて》が落ちていた。これに痺《しび》れ薬が仕込まれていたのだろう。

息苦しく、目も霞《かす》む。頬を傷つけた砂利の感覚すらわからなくなった。辛うじて男たちが近づいてきたことがわかる。このまま意識を失えば、死に直結するだろう。

「連れ去るのではなく、本当にここで殺してしまっていいんですね」

「殺《や》れ」

頭上から落ちてくる声に迷いはない。

「……っ」

必死で起き上がろうとするけれど、指先すら動かない。重い瞼《まぶた》がついに重力に負けた。

「最悪、首だけ朝廷に転がしておけばいい。殺されたことを隠蔽《いんぺい》できぬよう、顔貌《かおかたち》がわかるようにな」

殺されるのだと思った瞬間、男たちの悲鳴が聞こえた。同時に温かな光と、母の胎内のような安心感に包まれ、目を閉じたまま自然と微笑む。

(気持ちいい……)

「ひぃぃっ。手がっ、手がぁぁ!!」

「さ、三名、すでに絶命しました!」

「こっ、殺せません！　死にません！」

「我らは龍神の逆鱗に触れたのか……っ!?」

ゆるりと瞼《まぶた》を押し上げると、私の服がまるで水の中にいるみたいに揺れている。自分が浮かんでいるのも、青いベールが私を守るように光るのも、疑問に思わない。ただぼんやりと彼らを見つめる。

「……」

「ならば！　せめて生け捕りにせよ！　殺すなっ！　決して傷をつけるな!!」

私が纏《まと》う青いベールが、男のその一言を理解したようにふわりと解け、ゆっくりと身体が下りていく。そして背が大地を感じた瞬間、私の意識も静かに闇《やみ》に沈んだ。

暗闇《くらやみ》の中で目が覚める。すぐに肩に痛みを感じた。

(痛ぁ……)

一度自覚してしまうと、あちこちが鈍い痛みを訴えた。その痛みをこらえながら、周囲に意識を向ける。

遠くに轟《とどろ》く重低音、反響するざわめき。この重く冷たい空気には覚えがあった。

(ここ、印東国に召喚された場所だ……)

「みなさん！　ご覧になられたでしょう！　意識があろうがなかろうが殺せない。この呪《のろ》いにも似た奇跡を！」

「まさかこの女が本当の『龍神の娘』だなんて……」

「ならば娘をそばに侍《はべ》らせた男が、次の皇帝か？」

「なんとしてでも殺せ！　殺してしまえ！『龍の珠』に力を与える存在など、害にしかならぬぞ！」

怒号。恐怖。畏敬《いけい》。悲しみ。様々な感情が場に渦巻いている。そこに一際張りのある声が通った。

「生き埋めや水責《みずぜ》めも効果がないのか？」

「さっ、さすがにそれはしておりませんが……」

「先ほどから見ていると、日常負う程度の傷はつくが、大きく身体に傷をつけようとすると、全て撥《は》ね返される。ならば、反応するのは『殺意』の可能性が高いな。動物に襲わせてみることもできるし、餓死も試してみる価値はある」

「しっ、しかしその場合は、それを指示した者に、ある日突然呪《のろ》いが降りかかる可能性もございます」

「フン。それはそうか……。ならば女として辱《はずかし》めるか」

知っているような、一方で聞いたことのないようなその声は、誰よりも冷たい憎悪で塗り固められていた。

「さあ。そろそろ目が覚めているんだろう？　坊主」

その一言にざわめきが一瞬大きくなり、すぐに水を打ったような静けさが襲う。

（バレてるなら、こうしてても仕方ないか……）

うめきながら身体を起こそうとする。けれども、後ろ手に縛られていてうまく起き上がることができない。

「奇跡を起こす『龍神の娘』が、芋虫のように地べたを這《は》う姿は滑稽《こっけい》だな。——身を起こして差し上げろ」

呪いを与えるかもしれない私になるべく近づきたくないいんだろう。黒衣の男たちが互いに押し付け合っていた。やがてやってきた男にぐいっと身体を起こされる。

「……貴方、誰」

私を『坊主』と呼んだ男は、不遜《ふそん》にも陛下がいた場所に座っている。

あのときと違って帳《とばり》を下ろしてはいないものの、明かりが足りないため顔が判別できない。すると中から出てきた男が、近くの篝火《かがりび》に火を入れた。

それに照らされた秀麗な顔立ちは――

「副長さん……」

いつもの天真爛漫《てんしんらんまん》さを禍々《まがまが》しさに変えた副長さんが、満面の笑みで立っていた。

「あまり驚いていないようだね」

「……いえ、十分驚いてますよ。特に自分の迂闊《うかつ》さに」

吐き捨てるように言う。

「人に溶け込むのはわりと得意なほうなんだけどな。――どこで気がついた？　坊主」

言葉の前半と後半の声がまるで違う。一人の人間の中に二人の人間がいるみたいだ。

天真爛漫《てんしんらんまん》で人を惹きつけてやまない青年と、炯々《けいけい》と目を光らせた老爺《ろうや》が同居しているようで、ぞっとした。

「染め物部屋に女官を追いかけてきたことがあったでしょう。それを見ました」

「なるほど。兵士の様子を探っている雰囲気は感じていたから、どこかで見られたとは思っていたが――そんなところからだったのか。迂闊《うかつ》だったな」

「ええ。お互いに」

ぐるりとあたりを見回す。滝の前に立ち尽くす黒衣の男たちは、まるで死の弔《とむら》いに集まった人々のように見えた。

「私も一つ聞いていいですか。毒飴を仕込んだのは副長さん？」

彼はいつ、私が『龍神の娘』だと気がついたんだろう。

すると、彼はまた闊達《かったつ》な青年の顔でニコリと笑う。

「神官長のおかげで貴女を見つけるのは骨が折れる作業でしたね。それらしい人物があまりにも多かった。――アレがいなければ話はもっと早かったのに」

最後、憎々しげに言う副長さんに、胸を撫で下ろす。

(なら、明貴さんは裏切ってないんだ)

この黒衣の集団に彼はまぎれてはいない。その事実はこんな状況でも私に安堵の息をつかせる。

そんな私が面白くなかったのだろう。微笑みを形作ることを放棄した副長さんは言った。

「だが、幸いにも坊主が五爪《ごそう》の龍の刺繍《ししゅう》がされた袋を持っているのを見かけた」

「私が持っていた……五爪《ごそう》の龍？」

飴の巾着《きんちゃく》を思い出す。確かにあの袋には五爪《ごそう》の龍の柄があったけど、それにどんな意味があるというのだろう。

「五爪《ごそう》の龍は皇帝を示す柄だ。ならばお前は皇帝から直接下賜《かし》される位置にいる人間ということだ。気に入りの小姓か？　それとも……」

つまり、あの飴をもらった日に、すでに目をつけられていたのか。

「お前に楽時生体操《ラジオたいそう》を踊らせたあと、ふざけて服を剥《は》ぐつもりだった。それで女だとわかれば、『龍神の娘』である可能性が高いからな。しかし、またあの神官長が邪魔をした！」

あのとき、明貴さんが私を捜しに来てくれて、心底よかったと思った。

彼が見守ってくれていなかったら、事態は大幅に違ったのだろう。

明貴さんの有能さと、私が通ったぎりぎりの道にぞっとする。

そうしてまた副長さんは、人好きのする微笑みを顔にのせ、ゆっくりと歌うように話し出す。

「とはいえ、計画に大きな変更はない。『龍神の娘』と思われる女の部屋を、全て調べればいいだけの話だからな。——そこに、五爪《ごそう》の龍の巾着《きんちゃく》があれば、そいつが『龍神の娘』だ」

「それで巾着《きんちゃく》を見つけて、中の飴を毒入りに入れ替え、私によこしたのが式典前夜ってことね」

「お前のことは最初から怪しいと思っていた。ただの下男を明貴が大切に扱うわけがない。しかしそれだけなら、俺たちの異母弟妹でもおかしくはない。男の場合なら、こちらに抱き込もうと考えていた」

「俺たちの異母弟妹？」

眉を寄せた私に、遠巻きにしていた男たちの何人かが堪《こら》えきれないというように前に出る。

「そうだ！　我々とて先帝の遺児。本来であれば皇子《おうじ》として、お前など声も聞けぬ存在なのだぞ！」

（ああ、そうだったのか）

ストンと理解した。副長さんは『龍の加護』を持たない陛下の異母弟。そして黒衣の連中の幾人かもそうなのだろう。つまりこれは、皇位争い――覇権を求める人たちによるクーデターだ。

「なぁんだ。わかりました。この反乱軍は、先帝の血を引くしか能がない人たちで構成されているんですね」

「貴様ァ!!」

でっぷりと太った偉そうな黒衣の男に向けて、わざと呆れたように言ってみる。

「だって陛下に重用されていたら、この政権をひっくり返そうとはしないでしょう？ということは、仕事のできない人たちの集まりってことじゃない」

男が常軌を逸した叫びを上げる。私を立たせている男も、黙れと言うように私の縛られた腕を揺すり上げた。

痛みに小さく顔を顰《しか》めていると、意外なことに女性の声が上がった。

「そう単純なものでもありませんわ。私たちは『龍の珠』に人生を狂わされた者。そのお心を汲んでくださったのが張様というだけのこと」

「我々は龍神を信じるのではなく、張様を信じます」

張というのは、副長さんの本当の姓か。彼らが副長さんに心酔しているのなら、問題はもっと深刻だ。

この反乱軍は、副長さんを教祖と崇《あが》めた新興宗教と変わらない。龍神信仰で考えることを放棄した人々の、次の寄生先だ。

（これが陛下の言っていた、猛毒の成れの果てなんだ――）

「団長さんも……崔将軍も反乱軍の一員なの？」

「いや、残念ながら違う。できることなら理解をしてほしかったが、意外に頑固なところのある人だからな」

団長さんの話をしているときだけ、副長さんの声に人間味を感じた。けれどそれも一瞬のこと。

「じゃあ貴方たちの、反乱軍の望みはなんなの。政権交代？　そして副長さんが皇帝になるの？」

でもそう簡単じゃないはずだ。先帝の嫡子《ちゃくし》は彼らだけではない。そんな中で陛下がいなくなったらどうなるか。それは私にだってわかる簡単な答えだ。

「群雄割拠《ぐんゆうかっきょ》の世が来る。血で血を洗う、戦国時代の幕開けだよ」

「さすが、五界を渡る姫。政治というものをよくご存知だ」

副長さんはチラと笑い、ゆっくりと陛下の座っていた椅子に戻る。まるで自分の玉座のように。

「俺たちが集まったのは、無用な争いを起こす『龍の加護』をなくすためだ。だが、『天の気の神託』が民にとって有用なことくらいわかっている。――ならば現皇帝を倒した我々の政権が、同じような成果をあげたらどうなる」

「実利が変わらないなら、いずれ多くの国民は新政府に馴染《なじ》んでいくでしょうね」

「そう。ならば我々の新政権で神託能力を管理すればいい。それはもうずっと昔から出ていた意見だ。――しかしあの殷煌を意のままにするのは難しい。監禁したところで我々の言うことを聞くとは思えないからな。人質をとろうにも、ヤツは何ものにも執着を見せないから困ったものだ」

陛下は何ものにも縛られない。その理由が、この反乱軍のことを肌で感じていて、自分の弱みをさらさないよう気をつけていたためだとしたら――それはぞっとするほど冷静で悲しい。思わず顔を顰《しか》めた私に、副長さんが楽しそうな笑みを浮かべる。

「そんなとき、お前が来た」

「わた、し？」

急に名前を挙げられて、意味が理解できない。

「そうだ。お前にだけは、あの皇帝が執着を見せた。――お前を押さえれば皇帝を縛ることができるかもしれないと考えた」

(私を人質にすれば、陛下が監禁生活に甘んじる？　そんなこと、あるわけないじゃない)

「毒飴も、何もお前を殺すつもりはなかった。ただお前に危険が迫れば、ヤツは焦るだろう。そうやって精神的に追い詰めようかと思っていたんだが……」

ひょいと肩をすくめる。

「事態は変わった。式典後、宝珠の色が濃くなり、龍帝と『龍神の娘』への信仰が増してしまった。このままでは、新政権が成果をあげようと、民には受け入れられまい。もはやお前を生かしておくより、宝珠の力を弱めるために殺すほうが益《えき》がある」

立ち上がり、近づいてくる副長さんから目が離せない。

「なあ。お前、どうやったら死ぬんだ？」

「し、らないわ」

木から落ちたら痣《あざ》だらけになった。切れない包丁を使って痛い思いをした。異世界生活はそここそ痛みと苦難に満ちている。なのに、まるで不死のように言われても納得できない。

そのとき、目の前でにこやかに笑っていた副長さんの雰囲気が、ぐわっと変わる。それが殺気だと知る前に、私の周りに青い燐光《りんこう》が輝き出した。

「何これ……」

「お前を守る何かが異常事態を知り、警戒しているのだろう」

そう語り、すっと殺気を引く。――同時に青い光が霧散した。

「さて。お前を殺せないなら、どうするか……」

妙に無邪気な様子でニコリと笑う。それを見てサイコパスという単語が、脳裏に浮かんだ。

「できたら自主的に俺たちについてほしいと思っている。お前が俺たち革命軍につけば、どれだけでも贅沢させてやるし、皇妃《こうひ》にもつかせてやるぞ」

「それって、私のことを殺せないからですよね……」

冗談じゃない。殺そうとしたけれど、それができないから生かして利用してやる――そう言われて喜ぶ人間がどこにいるのだ。

私がなぜ死なないのかはわからない。でも私を異世界に飛ばす見えない何かがいるのはわかっている。きっと、その何かが働いているのだろう。

「俺はお前の心を壊す方法を試してもいいんだ。――でも、どうせなら、お前もあのオカマ王ではなく、俺たちについたほうがいいだろう？　あの男のもとで女の幸せなど望めやしないさ」

　そうして、副長さんは鮮やかに笑う。

「我が革命軍は、『龍の加護』に頼らない、真っ当な政権を作り上げる。俺の手を取れ、『龍神の娘』！」

　拒否をされるとは微塵《みじん》も思っていない、ぐっと突き出された剣士の手。そのとき――

「ハン！　女のなんたるかも知らない男に、アレコレ言われたくないわよねぇ」

　聞こえるはずのない声が、すぐそばから聞こえた。

「うそ……」

　一気に楽になる肩。さっきまで私を拘束していたはずの長身の男が、まるで私を抱きしめるように後ろから腕を回す。

「殷煌なのか……？　貴様、いつの間に……っ！」

「はじめから。髪の色が変わるだけで気がつかないとは、所詮は寄せ集めの烏合《うごう》の衆だな」

　その発言に、騒然としていた黒衣の男たちが静まり返る。

　振り返ると、私を腕で囲んでいる長身の男が、黒いフードを落とし顔を現した。深い紺色の髪に日に焼けた肌、彫りの深い顔立ち。あまりの男ぶりに頭が混乱する。

「なっ、えっ！　嘘！　陛下!?」

「そばで喚《わめ》くな。声がうるさい」

　化粧をしていないときの顔は、以前も見たことがある。そのときもずいぶんと印象の変わる人だと思っていたけど、これはもう根底から違う。

髪や肌の色を変えたのもあるだろう。でも、それだけじゃない。その身から発する空気が、まるで別人だった。

いつもの気怠《けだる》げな様子とは打って変わって、長剣を構える動きにも隙がない。

もしかして陛下は今までもこうして反乱軍に出入りしていたんじゃないだろうか。そう思うほど、彼の反乱軍の一味としての立ち振る舞いは自然だった。

思わず唸《うな》りそうになる私とはおそらく別の意味で、副長さんが唸《うな》る。

「いつから我らの動きに気づいていた」

「お前の養父――崔将軍を宮中に招いたあたりから不審に思っていた。お前が崔将軍の養子になる前の戸籍を取り寄せたが……妙に調《ととの》っていたからな」

「調《ととの》っていた？」

「お前たちの故郷、是州では度重なる遠水《えんすい》の大氾濫で戸籍の一部が不透明だ。なのにお前はあとから作られたものであるかのように全ての経歴が残っていた」

「……っ」

「もう少しうまくやるべきだったな。――いや、違うな。もう少しうまくやってもらうべきだったな。藩国国王の血脈にして、先帝唯一の寵姫《ちょうき》、張貴妃が一子、張晧月《コウゲツ》」

その名を挙げられた瞬間、副長さんがつけていた見えない面が、ぴしりと割れるのを感じた。

破顔――という言葉が最も近い。けれどこんな禍々《まがまが》しい笑みに使う言葉じゃない。

狂気と紙一重の笑顔に、私は息を呑んで無意識に後退《あとずさ》る。陛下の腕がなければ、きっと逃げ出していた。

「なあ、殷煌。お前は男として不能なんだろう？　だから『龍の加護』を持つ最後の一人なのに、その血を頑《かたく》なに残そうとしない」

血走った目と、ニイッと上がった口角。

「その血を繋げるからこそ、この非道な継承が許されてきたのではないか。そもそもお前は天の気を読むことには長《た》けているが、それだって完璧じゃない。半端な未熟者だ。ならば『龍の加護』など、この国にはいらぬではないか！　数多くの子を作り、そして犬猫のように捨てた先帝も、多くの女を後宮に囲いながら神託に頼って奇行を繰り返すお前も！　みぃんな死ねばいいんだ」

「……っ」

己の闇《やみ》を見続けた男が、くすくすと笑う。

「革命なんて起こす必要もない。今すぐお前を殺せば、全てが解決する。そうだろう？　お前は俺から二度も温かな居場所を奪った。だから今度は俺の番だ。女とともに、ここで殺してやるよ」

（二度も？）

そう疑問に思うと同時に、麻痺していた恐怖心がじわりじわりと染み出してくる。

（怖い……）

正面から彼の狂気を目にし、身体が震える。

そしてその狂気に、同胞である反乱軍からも悲鳴が上がった。

「そっ、それはなりません、張様！　殷煌を張女王に引き渡すことが、藩国が新政権の後ろ盾となる条件です！　それに殺してしまえば我らの新政権で、神託を聞くことができなくなります！」

「まぁっ！　何を言うの！　我らが張様のお言葉は絶対。新政権の樹立よりも、『龍の加護』をなくすことを第一と考えるべきですわ。今殺せるなら殺してしまうべきよ!!」

「しかし、国民に無闇《むやみ》に負荷をかけるべきではない。やはり殷煌は生かして飼うべきだ」

（なんて勝手な……）

怒りと恐怖に震えた私を、陛下が安心させるように一度優しく撫でた。

「晧月。お前の言うことは正しい。宝珠の力に頼って後継者を決めることに限界がきている。それは宮城《きゅうじょう》にいる人間全ての知るところだ」

その発言が意外だったのだろう。副長さんは笑うのをやめ、表情が抜け落ちた顔で陛下をじっと見つめる。

「何を言っている……？」

「お前は、俺が『龍の加護』を持つ最後の『龍帝』にもかかわらず、なぜ頑《かたく》なに子を生《な》さないかと聞いたな」

「……」

「教えてやろう。宝珠の力が失われて久しい今、神託などありはしないからだ」

「なっ!!」

「どんなに『龍の加護』を持っていても龍の声は聞こえない。嘘だと思うのなら、景翠宮《けいすいきゅう》の地下に下りてみろ。様々な治水の書物と、百年以上分の観測記録が眠っている。歴代皇帝が公布した龍勅令《りゅうちょくれい》の走り書きや覚書も出てくるはずだ」

（あの地下室のことだ……！）

「何を馬鹿な。ならばお前が出していた龍勅令《りゅうちょくれい》は――」

「全て俺が考えていた」

陛下の静かな声にみな一様に息を呑む。私も思わず目を見開いた。

（あれは受けた神託を検証する場だと思っていた。でも根本から違った。陛下はあの部屋で神託そのものを考えていたんだ）

そう考えると、納得できることがいくつもある。

けれど、『どんなに「龍の加護」を持っていたとしても、すでに神託は受けられない』――その言葉は、『龍の珠』に選ばれなかったがために運命を変えられてしまった人々にとっては、到底受け入れられない事実だったのだろう。人々からは怒号と悲鳴が上がり、倒れ伏すものまで出る。

「世迷言《よまいごと》に惑わされるな！　そんなもの――どうとでも都合よく言える。しかし、よりにもよって龍の声がないだと⁉」

「ああ」

「はっ！　バカバカしい。お前の言うことが真実だと、どうしてわかる⁉」

冷たく嘲《あざけ》るような言葉に、同意の声があちこちから上がる。それに対し、陛下は「すぐに信じられないのは当然だろう」と泰然《たいぜん》と頷いた。

「ならば、どんな昔のことでもいい。印東国の水害や条例について俺に聞いてみろ」

「なんだと？」

「もし俺が神託に頼って治世を敷いているのなら、印東国の太古の水害の話など知らないはずだ。過去の出来事など知る必要はないのだからな」

「……」

「しかし俺は全ての文献に目を通し、神託の代わりになるものを研究してきた。今この場でどれだけでも諳《そら》んじることができる。そこの連中の中には治水に詳しい者もいるのだろう？　正誤はわかるはずだ」

「まさか、そんなこと信じられるか……」

陛下の声に何かを感じたのか、副長さんの勢いがほんの少しだけ削がれる。そしてこの瞬間、今まで感じていた違和感の正体にようやく気がついた。

(だから先帝は武王になるしかなかったんだ。神託なんてなかったから――)

周辺諸国に領土を広げる武王でありながら、最後は酒に溺れた暗君。陛下の父帝、洪明王。けれど、もしかしたら暴君などではなく、聡明な人だったのかもしれない。そして、それ以上に悲しい人だったのかもしれない。

陛下は父親の苦悩を知っていたからこそ、自分の代で終わらせようとしたのだろう。彼自身の人生を犠牲にしてまで――

「おかしいよ……、副長さん。なんで信じられないの？　だって団長さんも言ってたじゃない。陛下は大洪水の予言をしただけじゃない。その土地にあわせた堤《つつみ》を作り、さらには様々な仕組みまで全土に広げたって」

「それは……」

仮に神託があったとして、その対応策を考えたのは間違いなく陛下自身だ。彼が治水の研究をおこなっていたからこそ、民は救われたのである。

「なのに、どうしてそこまでしても気がつかないの。どうして自分の頭で考えられないの！　──龍の声なんてないんだよ。龍神を否定しているのに、誰よりも龍神信仰に囚《とら》われているのは貴方たちじゃない!!」

激情のまま叫んだ私に、気がつけば反乱軍も副長さんも顔色をなくして呆然と立ち尽くしていた。

「確かに……、あれは殷煌が成しとげたことだ。だとしたら……、まさか本当に──」

やがて一つの結論にたどり着いたのだろう。副長さんは顔を歪ませる。

「だとしたら、今までの苦悩は！　辛酸は！　一体何のためだったんだ──!!」

咆哮《ほうこう》に近い絶叫だった。

周りの女性たちが宥めるも耳に入っていない。副長さんの身体に巣食った悪鬼が毒を撒き散らしているみたいだ。

もう誰の声も届かないいんじゃないだろうか。そう思った瞬間、聞き覚えのある声が響いた。

「いい加減にしろ！　晧月!!」

それは団長さんの声だった。いくつもの横穴がある鍾乳洞《しょうにゅうどう》の一角から、小さな松明《たいまつ》と抜き身の大剣を手に彼が下りてくる。

「なぜこんな馬鹿なことをした！」

私たちと副長さんの間に入り込むように、団長さんが立ちはだかる。その背からは焼け付くような怒気と、全てを凍りつかせんばかりの殺気を感じた。

「なんで貴方がここに……」

「陛下に命じられて、反乱軍を探っていた。まさかお前が、反乱軍を率いていたとは――ッ」

「……」

「陛下が現地の惨状《さんじょう》に耳を傾けてくださったおかげで、是州は手厚い支援を受けられるようになった。ようやく実りが戻った田畑にまた戦火を招き入れて、お前のような孤児を増やしたいのか！結局、俺はあの日見つけたお前に、何一つ与えてやることができなかったのか……」

最後、団長さんが呻《うめ》くように言った言葉に、副長さんが呆然と立ち尽くす。その彼から視線をそらさないまま、団長さんがすばやく現状報告をした。

「陛下、見張らせていた者から藩国の軍が国境を越えたと報告がありました。他には、太原《たいげん》、斎国《さいこく》などにも動きありとのこと」

「やはりか」

団長さんと陛下のやり取りを聞いて、反乱軍から悲鳴が上がる。

「それは我々は聞いていない！　藩国の王族の血を引く張様がこちらにいるのに、なぜ藩国が出てくるのだ！」

「やつらが裏切ったのか⁉　張様を新帝として守り立てていくはずではなかったのか！」

混乱のあまり叫ぶ反乱軍の面々に、陛下が溜息をつく。

「だから馬鹿は嫌いなんだ。自分たちが得ようとしている目の前の利権を、もっと長いこと狙っている存在がいると、なぜ気がつかない」

数代にわたって弱まる宝珠の力。弱体化した印東国を狙うなら今だろう。それを撥《は》ね除けていたのは武力を使った先帝と、宝珠の力が弱まってもそれを感じさせなかった陛下の力だ。

「今、国内で争っている余裕はない。すでにありとあらゆる伝令手段を使って、近隣諸国にこの国の状況が流れているはずだ」

自分たちが何をしたか気がついた人間はどれだけいただろうか。内乱が起きるより前に、近隣諸国が武をもって乗り込んでくる。彼らがその導火線に火をつけたのだ。

「藩国だけではない。これから数刻の動きを間違えれば、国境付近で起きる小競り合いが大火となってお前たちを呑み込むぞ」

陛下の低い声と同時に、宮廷兵たちがばらばらと物陰から出てくる。

「反乱軍一同、誰も動くな！」

「……ようやく包囲完了したか」

陛下が呟いた直後、鍾乳洞《しょうにゅうどう》の大きなうろの一つから明貴さんが現れた。それと同時に、黒衣の集団を包囲するように禁軍兵士が現れる。

「ご無事で何よりです！　包囲に時間がかかり申し訳ありません。地上で待機していた反乱軍も全て制圧しました」

　その言葉を聞いて、反乱軍から驚きと絶望の声が上がる。しかしそんな状況も見えていないのか、副長さんは呆然と団長さんを見つめ続ける。やがて先ほどの狂気は霧散したのか、迷子になった子供のようにポツリと言った。

「養父として、貴方のことを愛していなかったわけでも、尊敬していなかったわけでもないよ」

「……」

「今更神託などないと言われて何になる……。全てが大河に流され、辛酸を嘗《な》めた子供時代は変わらない。『龍の加護』がないからこうして宮城《きゅうじょう》から捨てられたのだと思えば、それを持ちながら子を作らぬ殷煌がますます憎かった。それでも——アンタがそばにいてくれればそれでよかったんだ」

「晧月……」

　力なく折れた彼の首が、自嘲《じちょう》するように緩《ゆる》く横に振られる。もはや反乱軍ですらかける言葉もない。沈黙が落ちた鍾乳洞《しょうにゅうどう》に、陛下の声が静かに響いた。

「崔将軍を招いたことで、俺はお前の居場所を二度も奪ったのだな……」

　そうして衣擦れ音のあと、私の肩越しに何かが差し出された。

（——『龍の珠』？）

「ならばこれを壊せ、晧月。歴代皇帝が守ってきた民というのは、本来ならお前たちも含まれている」

きらりと輝く宝珠は、陛下の掌《てのひら》で薄桃色に輝き、時折金色の輝きをぱちりぱちりと弾かせる。

「俺が終わらせないといけないと、それだけが俺の存在意義だと長い間思い込んでいた。けれど一方で、男でも女でもない、人でも神でもない生き物として生きることに飽いていた。そんな俺の目の前に、皇帝をただの職務と笑った女が現れた」

陛下の言葉に、私は目を見開く。

「俺は只人《ただびと》だ。次の世代に影響が出ないよう終わらせようとしたのは、そんな俺の傲慢《ごうまん》さだ。民は強い。――お前の手で終わらせてくれ」

「なりません！　陛下！」

明貴さんの悲鳴のような声とともに、陛下の手を離れた『龍の珠』が宙を飛ぶ。

宝珠を片手で受け取った副長さんを見て、正面で相対していた団長さんも静かに剣の構えを解く。

そしてがりがりと頭をかいた。

「しっかたねェなァ……。バカ息子に最後まで付き合うのが、親父の宿命ってやつか。なァ晧月よ」

『龍の珠』を渡した陛下と、自《みずか》らの前で構えを解いた団長さんを、呆然と副長さんが見る。

「宝珠を壊すのも、投降するのもお前の好きにしろ。お前が決断したことなら、地獄の果てまで付き合ってやらァ」

そう言って団長さんは呵々《かか》と笑う。

「俺は最後までお前を見捨てんよ」

反乱軍のトップと禁軍将軍としてではなく、ただの親子として向き合ったことに副長さんは何を思ったのだろうか。

彼は伏し目がちのまま、ふと笑った。それは寂しく綺麗な笑みだった。

「――俺の、負けだ」

副長さんは手に持っていた長剣を落とし、両膝をついて頭《こうべ》を垂れる。すると、黒衣の人々も次々と膝をつき始めた。

「今までのご無礼をご容赦ください。この皓月、殷煌陛下からは誠《まこと》をいただきました。たとえ神託がなくとも、香稀妃様をこの地に招きましたる宝珠は国の宝。拙《せつ》めが持っていていいものではございません」

平伏する副長さんから、団長さんの手に宝珠が渡り、陛下の前に差し出される。誰もが安堵の息をついた、その瞬間――一条の光と絶叫が走った。

「ふ、ざけやがって！　ふざけやがってえぇぇ!!　お前さえいなければよかったんだ！　死ねぇ！　殷煌!!」

「あ……！」

まるで吸い込まれるように矢が当たり、ぱりんと『龍の珠』が割れる音が聞こえた。

弓を構え立っていた反乱軍の男を、周囲の兵士が慌てて取り押さえる。男は支離滅裂なことを叫んでいる。けれど私は、目の前で起こっていることすら認識できない。

『龍の珠』が割れると同時に身体の内に走った衝撃が、息もできぬほどの痛みとなって私を襲う。

倒れかけた私を陛下が抱きとめてくれた。

「どうした。おい！　おいっ!!　香織!?」

身体中の血液が沸騰して、目の前が赤く染まる。射られたのは私の身体か。それとも私の魂が砕《くだ》けたのか。

『エラー発生。エラー発生。軌道修正プログラムに異変が起きました。緊急モードに入ります。アップデートの残り時間を計算し、魂の残存時間を再計算します』

脳内に木霊《こだま》する無機質なエラー音。耐えきれず咆哮《ほうこう》を上げる私とともに、巨大な鍾乳洞《しょうにゅうどう》が大きく揺れた。巨大な岩石がいくつも落ち始める。

滝の流れが変わる。龍が解放される——

「崩落するぞ!!」

私を胸の中に抱え込み、叫ぶ陛下の姿。それを最後に、意識は闇《やみ》に沈んだ。

＊　＊　＊

覚醒は唐突だった。

（どうしてここに立っているんだろう）

そう思うのと同時に、古めかしい取手《とって》にかけていた私の手が、飴色の扉を押し開ける。少し軋《きし》む蝶番《ちょうつがい》の音を隠すように、カランカランとドアベルの低い音が響いた。

踏み出した扉の向こうは、レンガ造りの古めかしくも懐かしい、小さな部屋。

手回しのレコード。古いガラスの食器。

所狭しと並ぶアンティーク品の間をすり抜け、薄暗い部屋の奥へと向かう。

扉代わりのようにかけられたタペストリーの向こうに足を進めると、カウンターの上で水出しコーヒーの音が静かに響いていた。

「すみません……」

床の軋《きし》む音に紛れそうなほど小さな声で問いかける。すると、カウンターの向こうにある扉から、落ち着いた老人の声が聞こえた。

「少々お待ちください」

カウンターの横の丸い小窓からは、どこまでも続く闇《やみ》が見える。まるで月のない夜の海原《うなばら》だ。何もないのに、目が離せない。

(ここは――)

ぼんやりとカウンターの向こうのカップ棚を見つめる。不思議なほど気持ちは凪《な》いでいた。

「ああ。お待たせいたしました」

扉が開いて姿を現したのは、喫茶店のマスターみたいな男性だ。所在なく佇《たたず》む私に、目尻のシワを深めてゆったりと微笑む。

「どうぞ、お座りください」

促《うなが》されて、カウンターのスツールに腰掛ける。使い込まれた革の感触が好ましい。気詰まりではない沈黙が流れたあと、目の前にアンティークのコーヒーカップが出された。横には果物の砂糖漬けがちょこんとのせられている。

「どうぞ」

芳醇なのにどこか爽やかな香りだ。口をつけるとしっかりとした苦味とコクが口の中に広がり、重厚な味わいを楽しませてくれた。

「美味しい……」

自然と声が出た。

「それはよかった」

「……私はどうしてここにいるんですか？」

私はここが新たな異世界ではないと知っていた。けれどもこれまで訪れたどこの世界でもない。時が止まった、世界の狭間だと肌で感じていた。

(もしかしたら記憶がないだけで、ここに来たことがあるのかもしれない)

そんなことを考えていると、言葉にはしていないはずなのに、マスターがゆっくりと頷いた。

「貴女がこのコーヒーを飲むのも、何度目になるでしょうかね」

「もしかして、マスターが私を異世界に導いた人？」

「そうです」

目尻のシワをますます深めて、ゆっくりと微笑む。『導いた人』なのかと聞いたけれど、人間のはずはない。けれどそれを問う必要は感じなかった。

「さて、貴女は何を望みますか？」

その言葉に少し驚いた。

「私が何かを望めるんですか？」

「はい。このまま地球に戻ることも、好きな世界に戻ることも。——最初にお約束したとおり、全てを忘れることも」

その言葉に思わず噴き出す。自分が言いそうなことだ。

私は何かを頼まれた。そして請け負う代わりに、最後に全部忘れることを願った。そういうことなのだろう。

「けれどもその前に、もう一度、何が起こったのかお話しさせていただきましょう。きっと今のままでは、何も決められないでしょう？」

マスターがそう言うと、コーヒーサイフォンのフラスコの中に小さな宇宙が現れる。銀河系に似ているけれど、少し違う。青い闇《やみ》の中で、五つの光が美しく回っている。

「綺麗……」

「これが、私が管理し、貴女が過ごしてきた、これまでの世界です」

色とりどりの五つの光を指して、マスターは微笑む。

「一つの世界で生まれた魂は、基本的には同じ世界で生まれ変わろうとします」

一番大きくてゆっくりと動く蒼い玉の横——二番目に大きいその白い光の玉が、地球を含む私がいた世界なのだという。

「光の大きさは魂の多さを表しています。しかしある日、最も大きかった世界が壊れ、二つに分裂してしまった」

蒼い光の玉がポーンと割れて二つになる。六つの光は秩序を保てず、途端にフラスコの中の動きは不規則になる。

「このまま行けば、それぞれの世界が干渉し合い、ぶつかり、最後は世界ごと消失します。それを防ぐためにはどうしても各世界の軌道修正をしなくてはいけなかった。そしてその協力を仰いだのが――」

「私？」

「はい。貴女の魂は全ての世界で生まれたことがある、自由度の高い魂なのです。また、生きることに正直な魂でもありました」

普通は同じ世界に生まれ変わると説明を受けたあとなので、なんだか魂まで方向音痴と言われた気分だ。

「貴女の魂に軌道修正のプログラムを組み込み、一定期間その世界に滞在させる。そして滞在中にパッチを当てる――アップデートを施《ほどこ》す。貴女の世界風に言うなら、それが一番近いでしょうか」

そう言われて、イメージはついた。

「一つ目の世界にお呼びした際、私たちはここでお話ししているのです。全ての世界を巡ったあとは、全てを忘れさせて地球に戻してほしい。――それが貴女の願いでした」

「言いそうだと思ってました」

「しかし、残念ながら遅かった。貴女の心を守るために感情制御はかけていましたが、長すぎる負荷が、貴女の魂に消えない傷をつけてしまったのです。全てを忘れさせても、癒《いや》しきれない傷が悪夢となって襲いかかるでしょう」

ヘドロのような悪夢はその前兆なのか。

「だから貴女の希望をおっしゃってください。それが私にできる小さな感謝です」

そう言われても、もうこれ以上異世界に飛ばされないのなら、焦がれるほど求めた『奪われない未来』を願う必要はない。

途方に暮れた私の前に、マスターがシャンパングラスを置いた。

「貴女の気持ちがわかると、彼女は言っています」

(彼女？)

そう思って繊細なグラスを手に取ると、なぜかそれが繊細な魂の持ち主が変じた姿だと理解できた。

「店内にある品物は、生まれ変わることに疲れてしまった魂たちです。また世界に戻るのか、それとも私のもとでこうして羽を休め続けるのか。それは私にもわかりません」

(ああ。だからこのアンティークショップは心地いいのか。きっとみんなが同じ気持ちを共有しているんだ)

私が、このアンティークショップに並ぶのも悪くない。そう思っていると、横に置いてある電話が鳴った。

「おや……珍しい。私はまだ止めたままなのですがね」

マスターはつぶらな瞳に驚きの色を浮かべている。

「よほど貴女に連絡を取りたいと思ったのでしょう。彼もまた、稀有《けう》な魂の持ち主でしたから。出ますか？」

そう問われ、ほんの一瞬逡巡《しゅんじゅん》してから頷く。

そして真鍮《しんちゅう》製の古い電話の受話器を取ると、ふっと全ての明かりが消えた。気がつくと、暗闇《くらやみ》の中で陛下と相対していた。

「ちょっと。アンタ、何してんのよ。まだ死んだんじゃないでしょ、アタシたち」

憮然《ぶぜん》とした声と艶《あで》やかな衣装。いつもの陛下の様子にホッとして思わず笑ってしまう。

「何してるんでしょうね？」

ただ、最後に顔を見て挨拶したいと思ったので、会えてよかったです――そう続けると、陛下の柳眉《りゅうび》がきゅっと寄る。異世界歴十年。最後に挨拶したいと思ったのは彼だけだ。

「アンタ、もしかして消えるの……？」

「んー。それも考えました。死ぬのは嫌だけど、消滅するのは嫌じゃないんですよ」

「はあ!?」

「振り回されて生きていくのに、そして居場所を作るのに疲れてきたんです。だから、なんかもういいかなって」

仕事は終わった。それは思ったよりも濃く、充実したものだった。もう普通の人として生きられないなら、マスターのもとで少し休むのも悪い選択肢じゃない気がする。

「ふざけんじゃないわよ！　異世界に飛ばされるのが、アンタがやりたいと望んだことなの？」

「そうじゃないですけど……」

「なら皇帝と同じ単なる職務でしょ！　終わったからって消える必要なんてないじゃない」

それともアタシも皇帝やめたら死なないといけないわけ？　そう言われてぷるぷる首を振る。

「でも、私もう役に立たないですよ？」

「ああもう！　面倒な狸《たぬき》ね。そんなもの求めてないわよ！」

ぐしゃぐしゃと髪をかきまぜられる。そういえば眼鏡がないなと思ったけれど、気にならなかった。

「このまま崩落した岩盤の下で死ぬかもしれないけど――仮に生き延びられても国内は戦乱の世かもしれないけど――それでも最期の瞬間までアンタを手放す気はないわよ」

「え！　そうなの!?」

(さっきマスターが言っていた、まだ止めたままという言葉は時間のことなの!?)

「さっさとアタシのところに戻りなさいよ」

陛下が長い髪を揺らして言う。そしてニヤリと笑ったかと思うと、ぐっと顔を近づけてくる。

「――俺のところに戻れ。何者でもない俺は、何者でもないお前をまだ口説いていない」

「え？　ええ!?」

いつの間にか陛下が最後に見た男の姿に変わり、それもやがて薄らいでいく。

『最後の願いは、決まったかい？』

薄れゆくマスターの声に、私は一つの願い事をした。

＊　＊　＊

「——香織」

名を呼ばれて、ゆっくりと瞼《まぶた》を押し上げる。ぼんやりする像がゆっくりと結ばれていく。少しすると、こちらを覗き込んでいる男の姿が間近に見えた。

「……陛下」

「ああ……。何度声をかけても起きないから、心配したぞ」

男の人の格好をした陛下は、くしゃりと顔を歪ませ、私の額を撫でる。その手を気持ちよく思いながらぼんやりと部屋を見回すと、明貴さんと泣いている桂花、そしてたくさんの太医《たいい》の姿が見えた。部屋の造りも見覚えがある。

（ここ、景翠宮《けいすいきゅう》——？　なんでここにいるんだろう）

そう思ったのをきっかけに、一気に記憶の扉が開かれる。

「陛下、藩国は、いえ、副長さんは――」

回らない頭で質問しようとしたら、唇に陛下の指が置かれた。

「三日間も意識が戻らなかったんだ。全部答えてやるからまずは身体をいとえ」

そう言われたけれど無理を言って背中を支えてもらい、ゆっくりと起き上がる。背中にクッションを入れてもらって身を落ち着かせても、身体中がぎしぎしと痛んだ。

「捻挫《ねんざ》……、打撲？　岩盤崩落のせい……？　そういえば、他の人たちは――」

「あの場にいた全員が無事だ。苦しむお前と共鳴するように岩盤が崩落したが、それと同時にお前を包んでいた光が洞窟を守った。覚えていないか？」

小さく首を横に振る。

「あのあと、滝が白龍となり天に昇って帰った。だからお前の怪我は、その前に反乱軍につけられたものだ。守りきれなかった……、すまない」

「陛下が悪いわけじゃないですよ。治る怪我だし大丈夫。それで、あのあと、副長さんは……？」

「将軍のもとで謹慎している。反逆を起こした罪は重いが、関わった人間が多すぎるし、下手をすると藩国がまた出てくるからな。慎重に進めるつもりだ」

どうやら陛下は副長さんを『張貴妃の息子』として処罰するのではなく、『一兵卒』の内乱として片をつけるつもりらしい。

反乱軍を唆《そそのか》していたと認めたくない藩国もすでに軍を引き上げ、張女王に連なる名前を出さなければ、傍観する構えだという。

「私が言える立場じゃないけど、できたら……寛大な処置を望みます」

彼もまた、もう一人の陛下だと思うから。

そう言って背中をクッションに預け、ほうと息をつく。

——私はこの地に戻った。

『「龍の加護」から解放された殷煌陛下の御代《みよ》を見届けたい』

マスターに頼んだ最後の願いが叶ったんだろう。

異世界に来てからずっと蟠《わだかま》りがあった胸の奥深くに、柔らかな風が吹く。晴れ晴れとした、けれどかすかに覚える寂寥感《せきりょうかん》。これが私の卒業なのかもしれない。

これからは本当の意味で、私の人生を歩んでいこう。真っ直ぐに陛下を見つめ、そう思う。

「ただいま、陛下。男ぶりが上がりましたね」

「おかえり、香織」

クスクスと笑う私たちを、窓から差し込む光がいつまでも照らしていた。

鍾乳洞《しょうにゅうどう》の崩壊から、一月後。内廷には今日も私を呼ぶ声が満ちていた。

「香織様ー！　稀妃様ー！」

（はーい、ここでーす）

そう胸の内で答えて、ひょいと裾をたくしあげ、茂みの中に消える。

今日の私の脱走ルックは、後宮の下級女官風。

ひらひらした襦裙《じゅくん》と違い、襖《おう》とよばれる上着を羽織っているから動きやすい。

陛下に教えてもらった抜け道を通って神殿の裏庭に出ると、ちょうど居合わせた明貴さんに見つかり呼び止められてしまった。

「そこにいる女官。所用があるから来なさい」

「あ……、はい、明貴様」

（うわー、脱走したばかりなのに見つかっちゃったし）

「全く貴女は……」

お小言を始める明貴さんを無視して、私はキョロキョロと部屋の中を見回す。

「この部屋に陛下はいらっしゃいませんよ」

「あ、ありがとうございます」

「――香織殿とこうしてお茶を飲むのも、ずいぶんと久しぶりですね。また後宮を抜け出されてるとか？」

「鍾乳洞《しょうにゅうどう》の崩壊現場を見に行っていただけです。あと私が知っている抜け道の整備点検とか……」

「まったく、貴女はどうして自分の仕事じゃない部分に手を出すんですか」

「でも陛下は助かるって手紙で言ってましたよ」

朝廷内の粛清《しゅくせい》と宮城《きゅうじょう》の復興、そして諸外国の干渉をはねのけることになった陛下は多忙の一言だ。

印東国が後継者問題で荒れるのを、多くの国が長年待っていた。

しかし殷煌陛下の治世が磐石《ばんじゃく》であれば、一大帝国である印東国に正面切って喧嘩を売りたい国はない。

即位して十年。内乱を自《みずか》ら収め、一気に動き出した陛下に周辺諸国がつけ入る隙はない。

「だって、まさか抜け道のチェックは他の人じゃできないじゃないですか」

「まあ、それはわかりますが……。しかし、なぜ香織殿は陛下から逃げ出しているんですか」

「うっ……」

「陛下のお役に立っていることは認めます。ですがこのまま貴女が消えてしまうのではないかと、逆に陛下の心労になっていることも確かです」

痛いところを突かれた。実際にここ最近陛下から逃げ出している覚えのある私は、ぐうの音も出ない。

「そんなことしませんよ。仮にいなくなるときは市井《しせい》に降りるときで、明貴さんに用意してもらった館に行くって何度も言ってるじゃないですかぁ」

「香織殿」

有無を言わせない雰囲気に目が泳ぐ。

「わかってください、香織殿。貴女は陛下の大切な人です。――病《やまい》に臥していた殷煌様の母君は、亡くなる直前、陛下にうつさないようにと突如姿を消しました。またそうなるのではないかと、陛下は不安なんです」

(それであんなに私が急に消えることを嫌悪していたのか)

陛下は宮城《きゅうじょう》の一角で母君とひっそり暮らしていたと聞いた。その母君が突如姿を消し、亡くなっていたのだとしたら、陛下はどれほど苦しかっただろう。私だって、そのトラウマを刺激したいわけじゃない。

「う～。じゃあ……、やっぱり眼鏡がないと駄目なのかもしれないなぁ」

この世界に戻ってから、私は伊達《だて》眼鏡をかけるのをやめた。もう自分を偽る必要はないからだ。

でも——

「男性姿のフェロモン陛下と向き合って話すんだったら、やっぱり必須アイテムじゃない？」

「それはどういうこと？」

「ん？　ああ。陛下といると、気持ちが苦しくて苦しくて、うわーってなるんです。しかもあれ以来、いつも男の人の格好してるし！　顔を見るとドキドキするし、なんか冷静になれないんです！」

ぐちゃぐちゃな思考のまま、部屋をウロウロしてそう答える。答えてから、絶句した。

「へ、いか」

（なんでここに）

慌てて明貴さんを振り返る。

「香織殿に嘘は言っておりませんよ。この部屋に陛下はいらっしゃらなかったでしょう？」

「つ、続きの間に隠れてるのは、この部屋にいるのと同義です！」

叫んでも時すでに遅し。明貴さんは、どうぞお二人でゆっくりとお話しくださいと言い残し、退席してしまう。

「とりあえず獲《と》って喰いやしないから落ち着きなさいよ、香織」

そう言われて、半泣きで席に戻る。正面に座る勇気はないので、四角い卓の角を挟んで隣の席だ。名前を呼ばれることには、もうすっかり慣れた。でも陛下の顔と雰囲気には慣れない。落ち着かない。

「だって陛下の顔ってなんか破廉恥《はれんち》なんだもの」

「破廉恥《はれんち》ってアンタね……」

私の失言に陛下は絶句しつつも、呆れたような笑い声を上げる。

「前にアンタに妙な暗示がかかっていると思ったことがあったわ。妙に達観してるし、動じないし――それがなくなったのかもね」

そういえば久しぶりの女性の口調だ。そう思ったら、ぐちゃぐちゃな気持ちが少しだけ落ち着いた。俯《うつむ》けていた顔をそっと上げる。やっぱり男性姿の陛下は慣れない。優しい瞳を向けられて、ぎゅうっと胸の奥が痛くなる。

「つまりは慣れの問題でしょ？　経験するはずだった感情が一気にきてるんだから、少しずつ慣れてくしかないじゃない」

(慣れ？　慣れってなんだ？)

でも陛下の言う妙な暗示っていうのが、マスターによる感情制御の話だとしたら、彼は本当に人のことをよく見ていたんだと感心してしまう。

でも一体何の感情が解放されたら、こんなに苦しくなるのか皆目《かいもく》見当がつかない。

(これが嫌で落ち着くまで陛下の顔を見ないようにしていたのに)

オロオロする私に、陛下はくつくつと心底嬉しそうに笑う。その少し男くさい笑い方から目が離せない。

（前言撤回。皆目《かいもく》見当がつかないなんて嘘だ。私は自分の感情の正体に気がついている）

そんなことを思っていると、陛下が目の前に茶器を置いた。

「あ、これ――」

「前に好きだって言ったでしょ」

以前振る舞ってくれた日本の緑茶に似たお茶を、静かに淹《い》れてくれる。口に含むと懐かしさとともになんとも言えない穏やかな気持ちが広がって、頬が緩《ゆる》む。

「美味し……」

このお茶が美味しいのは、故郷の味に似せてブレンドしてあるからだけじゃなく、陛下が私のことを考えて淹《い》れてくれたからだ。そう思うと同時に、ほうと溜息が出た。

「陛下に新しい奥さんが来ても、このお茶だけは持っていきたいなぁ……」

「何よ、それ」

「ほら、そのうち契約期間が終わるし、陛下も新しい奥さんを迎えるじゃないですか。そうしたら、こうしてお茶を淹《い》れてもらえることもないかなって――」

真面目くさって説明していると、がっくりと肩を落とした陛下が「そこからか……」と言って溜息をついた。

そこからって、なんですか。

すると、ゆっくりと顔を上げた陛下が、真剣な目で静かに語り始める。

「――なあ、香織。お前がこの世界に来るまで、俺は底知れぬ虚無感に囚《とら》われて生きてきた」

低い男性の声で、陛下は自《みずか》らのことを語り出す。

「俺は宮城《きゅうじょう》の一角で書物に囲まれて育った。母が亡きあとは自分の存在意義と使命を知り、自《みずか》ら最後の龍帝の道を選んだ。その選択に悔いはないつもりだ。――それでもどこかで、本当は皇帝になりたかったわけではないのだという葛藤《かっとう》が続いていた。自分の存在価値を見いだせず、こうして父も狂っていったのかと思えば、恨む先すら見つけられなかった。神託がない中での即位は、一国を謀《たばか》る罪と重圧の塊だ。宝珠の存在を誰よりも憎んでいたのは、間違いなく俺自身だろう。――しかし、俺にはお前が現れた」

「……私？」

「皇帝の俺ではなく、一人の人間としての俺を見つけ出したのは、お前だ」

呆然と見上げる私の横に陛下が座り、私の頬をすっと撫でる。

「俺はお前に出会って、人は一人では生きていけないのだと、初めて知った。お前以外に俺の苦悩に共感し、対等に話せる女が、この世界のどこにいる」

陛下の真っ直ぐな瞳に囚《とら》われ、瞬《まばた》きさえも忘れた。

「他の女などいらない。俺のものになれ、香織」

指先に軽く唇を落とされ、止まっていた世界が一気に破裂した。だってこれじゃあ、まるで本気の愛の告白だ。

「お、落ち着いて！　陛下！　私ですよ!?　百花繚乱《ひゃっかりょうらん》の美女じゃない、狸《たぬき》ですよ？」

赤くなったり、青くなったりしながら、両手でストップをかける。

「お前は劇的に鈍いし、ゆっくりやっていたら気がつく頃には年寄りになっていそうだ。だからこのぐらいでちょうどいいだろ」

そう言って、陛下が私の耳元にそっと声を落とす。

「俺がお前を口説くのは、そんなに刺激が強いのか？」

ぼん！　という音がするかと思った。心底おかしそうに笑う陛下の横で、私はさぞかし真っ赤になっていることだろう。

「陛下のことは嫌いじゃないです！　でもそれは反則、禁止ですっ!!」

「まぁいいわ。おいおいやりましょ——そこまで男として意識されているのなら、慣らすのも楽しいものだ」

「だから！　それやめてくださいーーっ!!」

低い声を落とされ、ついに感情が爆発する。

「今は許してあげる。時間はたっぷりあるんだから。逃げられると思わないことね」

まさか陛下の色気に慣れるのに、ここから数年かかるとはお互い夢にも思わず、今日も印東国の後宮には、声なき悲鳴が響き渡る。

こうして私の最後の異世界トリップは終わった。

けれど、私の心の旅は、今まさに始まったばかり。

＊　＊　＊

東に名高い印東国。その中興《ちゅうこう》の祖　十三代皇帝　殷煌。

強い『龍の加護』を持ちながらも、その力のみに頼ることをよしとせず、各地に様々な観測台を建設した『最後の龍帝』である。またそれに伴い、温度計や湿度計、雨量観測法が劇的に発展。現在の気象学の素地を作った。

その龍帝を助けた、後《のち》の香皇后——香稀妃には不思議な逸話が多く残され、皇帝を守護する『龍神の娘』として多くの廟《びょう》にその艶姿《あですがた》が描かれている。

国宝画『枇杷《びわ》を抱える香稀妃天女図』は、足元で戯《たわむ》れる狸《たぬき》の繊細な描写と相まって素晴らしく、あまりに有名な作品である。

新＊感＊覚ファンタジー！

Regina
レジーナブックス

レジーナブックス
Regina

破滅の道は
前途多難!?

悪役令嬢らしく嫌がらせをしているのですが、王太子殿下にリカバリーされてる件

新山《にいやま》さゆり
イラスト：左近堂絵理

乙女ゲームの悪役令嬢・ユフィリアに転生した美琴《みこと》。困惑する彼女の前に、攻略対象のエルフィン殿下が現れる。前世で虐待されていた自分をいつも画面越しに支えてくれた殿下……でも悪役令嬢である自分と結ばれると、彼が不幸になってしまう。そうならないために何が何でもゲームヒロインとハッピーエンドを迎えてもらうわ！　殿下を幸せにするため、ユフィリアが大奮闘!?

詳しくは公式サイトにてご確認ください。

http://www.regina-books.com/

携帯サイトはこちらから！

待望のコミカライズ！

ある日、悪霊はびこる異世界にトリップしてしまった、見習いパティシエールのエミ。困っていたところをイケメンな騎士様に助けられ、甘党な彼にお礼としてプリンを作ったのだけれど——ひょんなことから、エミの作るお菓子が悪霊を浄化できることが判明！　あれよあれよという間に祀《まつ》り上げられ、伝説の『浄化の姫巫女』として、悪霊退治をすることになってしまい……？

＊B6判 ＊定価：本体680円＋税 ＊ISBN978-4-434-25611-0

アルファポリス 漫画　検索

シリーズ累計
34万部!!!!
RC Regina COMICS
原作＝牧原のどか
漫画＝狩野アユミ
Presented by Nodoka Makihara
Comic by Ayumi Kanou
1〜4
ダィテス領
攻防記
Offense and Defense in Daites
大好評発売中!!
異色の転生ファンタジー
待望のコミカライズ!!
「ダィテス領」公爵令嬢ミリアーナ。彼女は前世の現代日本で腐女子人生を謳歌していた。だけど、この世界の暮らしはかなり不便。そのうえ、BL本もないなんて！ 快適な生活と萌えを求め、領地の文明を大改革！ そこへ婿として、廃嫡された「元王太子」マティサがやって来て……!?
チート婿様黒幕を城ごと粉砕！
Webにて好評連載中！
アルファポリス 漫画
検索
B6判
各定価：本体680円＋税

この作品に対する皆様のご意見・ご感想をお待ちしております。
おハガキ・お手紙は以下の宛先にお送りください。

【宛先】
〒150-6005 東京都渋谷区恵比寿4-20-3 恵比寿ｶﾞｰﾃﾞﾝﾌﾟﾚｲｽﾀﾜｰ 5F
（株）アルファポリス　書籍感想係

メールフォームでのご意見・ご感想は右のＱＲコードから、
あるいは以下のワードで検索をかけてください。

アルファポリス　書籍の感想　検索

ご感想はこちらから

これが最後《さいご》の異世界《いせかい》トリップ

河居ありさ（かわいありさ）

2019年 4月 3日初版発行

編集－赤堀安奈・塙綾子
発行者－梶本雄介
発行所－株式会社アルファポリス
〒150-6005 東京都渋谷区恵比寿4-20-3 恵比寿ｶﾞｰﾃﾞﾝﾌﾟﾚｲｽﾀﾜｰ5F
TEL 03-6277-1601（営業） 03-6277-1602（編集）
URL http://www.alphapolis.co.jp/
発売元－株式会社星雲社
〒112-0005 東京都文京区水道1-3-30
TEL 03-3868-3275
装丁・本文イラスト－笹原亜美
装丁デザイン－AFTERGLOW
（レーベルフォーマットデザイン－ansyyqdesign）
印刷－中央精版印刷株式会社

価格はカバーに表示されてあります。
落丁乱丁の場合はアルファポリスまでご連絡ください。
送料は小社負担でお取り替えします。

ISBN978-4-434-25726-1 C0093